FRANCES HARPER

MEURTRE AUX VANS

Un fauteuil pour la mort

E & R
Diffusion labouquinerie.com
Valence
2009

Dans la même collection :

Meurtre à Jaujac. Gabriel Jan
Meurtres à Ruoms. Philippe Granchamp
Meurtres à Valence. Gabriel Jan
Meurtre à Annonay. Raymond Pascal
Meurtre aux Vans. Frances Harper

À paraître en 2009 :
Meurtre à Aubenas. Gabriel Jan
Meurtre à Nyons. Gérard Bouchet

© E *&* R, ÉDITIONS ET RÉGIONS. VALENCE. 2009
TOUTE PHOTOCOPIE / REPRODUCTION INTERDITE.
DIFFUSION EXCLUSIVE DE PLUS DE 260 TITRES
SUR LA DRÔME ET L'ARDÈCHE PAR :
ÉDITIONS LA BOUQUINERIE. 8 RUE AMPÈRE.
26 000 VALENCE. FRANCE.

site internet : www.labouquinerie.com

Isbn : 2-84794-087-1
EAN : 978284794084879

UN

La réunion du conseil municipal semblait loin de vouloir se terminer. Christophe Weetsen, le correspondant de presse locale, et Eliane Garcin, la secrétaire de mairie, soupiraient secrètement d'irritation et leurs regards se croisaient discrètement. Depuis les dernières élections municipales les choses allaient de pire en pire et chaque réunion du conseil devenait un terrain de luttes incessantes empêchant les affaires d'être traitées rapidement. Cela aurait pu être fascinant, mais malheureusement les luttes se transformaient systématiquement en joutes personnelles. Pourtant, pour houleuses qu'elles soient, ces réunions n'étaient qu'une pâle réflexion des véritables batailles qui se livraient derrière les portes de la mairie.

Christophe Weetsen était très bien placé pour tout savoir car Pauline, son épouse, siégeait au conseil. Mais, pour entretenir de bons rapports avec tout le monde, il se gardait bien d'en parler dans ses articles, se tenant à un compte rendu édulcoré de ces séances publiques – qui d'ailleurs étaient fréquemment boudées par ledit public.

La chaleur dans la pièce était étouffante malgré les fenêtres ouvertes. Quelle idée d'avoir convoqué une réunion en plein milieu du mois d'août ! Qu'est-ce qui pouvait y avoir de si urgent qui ne pouvait pas attendre la rentrée ? Rien d'après l'ordre du jour.

C'était pure chance si les Weetsen étaient là. Normalement ils s'absentaient quelques semaines afin de voir d'autres horizons que le beau Pays des Vans. Mais cette année leur vadrouille n'avait duré que quinze jours, et ils étaient revenus pour découvrir que le maire, Hugues Vidal, avait programmé une réunion.

Vidal, un nom du pays, certes, mais il n'était pas vanséen de naissance, comme bien des membres de ce conseil d'ailleurs. Les dernières élections avaient signifié une rupture totale avec le passé où les conseils municipaux avaient été dominés par quelques vieilles familles vanséennes. Déjà celles de 2008 avaient fissuré le moule faisant rentrer dans le cercle de nombreux nouveaux visages d'origines différentes et rajeunissant le conseil de quelques années. Longtemps bastion de la droite, le bourg des Vans avait commencé à virer lentement vers la gauche lors des élections, autres que les municipales. Mais même avec les nouveaux visages en 2008, le conseil était resté résolument de droite, le seul membre à gauche étant l'élue, maire-déléguée, d'une des trois communes associées que comptait la commune des Vans.

Et puis ce printemps, six ans plus tard, c'était le moule lui-même qui avait volé en éclats. L'ancien maire, qu'un grave accident avait obligé à démissionner deux ans avant la fin de son mandat, ne s'était pas représenté. Son successeur s'était embrouillé dans les projets des hôpitaux et de la zone artisanale ,au risque de faire capoter les deux, à tel point que les électeurs n'avaient plus voulu de lui. Quant à l'opposition, le conseiller général qui briguait depuis longtemps l'hôtel de ville vanséen avait vu sa charge de travail doubler après l'absorption des départements par la région et son rattachement au bureau du conseiller régional, et avait décidé de se consacrer à son mandat unique. Les deux listes déjà étêtées, aux yeux de l'électorat, avaient été ensuite concurrencées par une troisième – du jamais vu ! – qui avait réussi à semer le désordre parmi l'électorat. Pour une fois, la campagne électorale des Vans avait été un régal pour les correspondants de presse, et avait même rivalisé avec celle d'Aubenas en termes de prises de becs et coups bas. Lorsque le dimanche du premier tour arriva, il ne restait plus personne des anciens conseils, les uns et les autres se retirant, dégoûtés par ce qui se passait.

Les listes durement constituées s'étaient disloquées dans les urnes et la mairie des Vans avait accueilli un conseil composé de membres des trois listes, la majorité absolue revenant à la liste de Hugues Vidal, aux couleurs de la droite, et les autres sièges étant distribués à la proportionnelle, comme il était d'usage pour les communes de plus de 3500 habitants, ce qui était le cas des Vans maintenant. La salle du conseil avait été bondée le jour de l'élection du maire. Six personnes ayant récolté un nombre important de voix s'étaient présentées au poste. Le conseil avait dû s'y prendre trois fois avant qu'on cède la victoire à Hugues Vidal, 61 ans, universitaire à la retraite, vanséen depuis cinq ans seulement, et habitant le plateau des Gras. Pendant un mois, la population avait été sous le choc, se demandant ce qu'allait devenir sa belle commune, la plus belle de toute la France, selon un ancien maire.

Maintenant cinq mois plus tard, Christophe Weetsen se demandait toujours comment la commune allait s'en tirer, car le manque d'unité au sein du conseil faisait systématiquement capoter toute esquisse de projet. Les visites du sous-préfet de Largentière devenaient un événement banal, et le conseil régional menaçait d'interrompre complètement les travaux sur les hôpitaux, déjà très en retard. La commune des Vans était en danger de s'enfoncer dans une inertie qui lui ferait perdre sa réputation de petite ville dynamique, où il faisait bon vivre et arrêterait le développement économique qu'elle connaissait depuis quelque temps. Il y avait des exemples où le panachage avait dynamisé une commune – comme à Banne, par exemple – mais cette fois, il semblait que cette pratique serait la perte des Vans.

– …. De toute façon cela fait longtemps que ce t-terrain est déclaré non-constructible, disait le maire lorsque Christophe émergea de l'état de somnolence dans lequel l'avaient plongé la chaleur étouffante dans la pièce et l'ennui des discussions. Il l'était déjà à l'époque du P-POS, et si on ne l'a pas changé lorsqu'on a fait le PLU, il doit y avoir une b-bonne raison.

Le léger bégaiement révélait que l'homme s'énervait.

– Je ne l'ai pas encore trouvé. La voix graveleuse de Claude Balme prenait de l'ampleur. Mais à mon avis, il y a eu toute sortes de magouilles ; on privilégiait certains qui avaient de bons amis ….

– Tu peux pas dire ça ! interrompit Jacques Martin. C'est de la médisance et c'est trop facile, car il n'y a plus personne ici des anciens conseils pour réfuter tes propos !

– Huh ! Bien sûr que tu défends les anciens, t'es du même bord ! Mais il faut avouer que certaines décisions étaient difficiles à comprendre à l'époque et le sont toujours.

– Ah ça, ajouta rapidement Didier Colomb, maire-délégué de la commune associée de Brahic, pour empêcher Jacques Martin de relever les propos de l'autre et créer une autre diversion. Impossible de construire sur le mien quand j'ai voulu. Pourtant, j'ai une source et l'électricité passe tout près. Et c'était n'importe quoi comme raison que ces couillons m'ont donnée. A l'époque, il n'y avait aucun terrain constructible sur la commune, vous vous rendez compte ? Et après on se plaint que les jeunes partent ! Et si on a quelques terrains maintenant, c'est bien grâce à notre maire-déléguée précédente.

– Mais on ne peut pas construire à tout bout de champ, protesta Marc Faure, 3ème adjoint.

– Mais tout interdire, ça va pas non plus !

– Je pense qu'on a eu pas mal d'alertes ces dernières années, lors des pluies, continua Faure. Nos routes sont dans un état pitoyable la plupart du temps, les murs n'arrêtent pas de s'effondrer. L'eau ne sait plus où aller.

– On est quand même en train de régler ce problème, dit Edith Bazin. On a fait des progrès dans ce domaine.

− Ça ne change pas le problème des Gras ! Claude Balme se fâchait.

− Mais enfin, les G-Gras ne peuvent pas accepter tout le monde, répliqua le maire. Je ne comprends pas pourquoi tu soutiens cette affaire.

− Facile pour toi, tu y habites. Et tu y as bien construit ta maison, toi !

− Non, j'ai r-restauré une ancienne !

Les yeux de Christophe et de la secrétaire de mairie se croisèrent de nouveau. Et voilà que c'était reparti pour une discussion qui tournait en dispute personnelle au lieu de traiter le problème. Il vit que le vieux Jacques Viole s'endormait. Il faisait une chaleur à crever. La nuit tombait sans apporter une fraîcheur bienfaisante. Christophe tira sur son tee-shirt pour le décoller de sa peau et souleva les cheveux à sa nuque.

− Je propose qu'on reprenne ce dossier à la rentrée, dit enfin Cédric Aubanel, 1er adjoint, d'un ton sec dans un effort de calmer les choses. Il fait trop chaud et il commence à se faire tard. Entre-temps, je suggère qu'on se penche sur le POS et le PLU en ce qui concerne les Gras. Ce que tu aurais pu faire toi-même pour nous apporter toutes les informations, reprocha-t-il à Balme.

− De toute façon, je peux vous dire que je ne serai jamais d'accord pour rendre ce terrain constructible ; pas là où il est. Pierre Labalme, maire-délégué de la commune associée de Naves, leva la voix. Il faut le vendre à un agriculteur, il en ferait bien meilleur usage. Si je comprends bien, ce qu'on veut y faire, c'est uniquement pour gagner du fric. Je suis d'accord avec Marc, il faut préserver les Gras.

− Mais je n'ai pas dit...

− Je ne vois pas pourquoi je devr...

— Pour l'amour du ciel ! Elisabeth Garnier, 2ème adjointe, interrompit les deux hommes. J'en ai marre ! Il est tard, il fait chaud et ce n'est pas une affaire urgente. On a fini l'ordre du jour, bon sang. Qu'on en finisse avec cette réunion !

Il y eut un petit silence. Le maire se racla la gorge.

— B-bon, oui, on a épuisé l'ordre du jour. Je voudrais juste vous rappeler que la s-semaine municipale démarre le 25 août. J'espère que vous serez n-nombreux à venir apporter votre aide. Je remercie d'ailleurs Elisabeth pour tout le travail qu'elle a effectué. Vous trouverez une c-copie du planning dans vos casiers.

— Oui, à propos, dit Elisabeth. J'aurai besoin d'aide le samedi 23 pour les pré-inscriptions. C'est de 9h à 12h au centre d'accueil.

Pauline leva la main. Compte sur moi, dit-elle

Christophe réprima un soupir. Te voilà à faire le marché, se dit-il.

Il leva les yeux de son calepin pour trouver ceux de sa femme posés sur lui, comme si elle avait lu dans ses pensées.

Peu après le maire leva la séance au soulagement de tout le monde. Pauline arriva enfin à la hauteur de son mari.

— On y va, dit-elle.

— Eh bé, ça ne s'améliore pas, commenta Christophe tandis qu'ils descendirent le grand escalier en pierre vers le hall d'entrée.

Les portes du bâtiment s'ouvrirent et Christophe et sa femme quittèrent la mairie et se tournèrent vers la Place Ollier.

— Il fait encore chaud, commenta-t-il levant la tête vers le ciel.

— Ce problème avec les Gras, dit Pauline.

— Bon sang, mais on ne va pas discuter de cela entre nous, OK ? Je pense que j'en ai soupé. Vous tournez en rond, et il n'y en a pas un seul d'entre vous qui mette le holà à toutes ces discussions vides. Même pas Vidal. Et avec la chaleur qui régnait dans la salle c'était carrément insupportable. Je ne comprends toujours pas pourquoi il fallait avoir une réunion en plein été.

— On n'en avait pas eu en juillet.

— Non, il était en vacances. Et de toute façon, même si lui ne l'est plus, d'autres le sont maintenant. Et puis, même cette affaire des Gras, ça aurait pu attendre la rentrée. Tout s'arrête pendant les vacances d'été, tu le sais bien. Alors là, je trouve qu'il se foutait du monde.

Ils traversèrent la place toujours animée malgré l'heure tardive, car les estivants étaient nombreux dans les cafés, et quelques mordus de pétanque faisaient encore cliqueter leurs boules sur la partie sablée de la place.

— Tu veux boire quelque chose ? proposa Christophe.

— C'est vrai que je me sentais très fatiguée à la fin de la réunion, mais maintenant dehors par une soirée douce, je me sens mieux, admit Pauline. Allons prendre un verre, comme quand on était jeunes.

Assis à une terrasse aux côtés de sa femme, Christophe sourit en pensant au passé. Ils n'étaient ni l'un ni l'autre natifs des Vans et ils s'étaient rencontrés en y venant en vacances. Cela s'était passé sur les rives du Chassezac, ou plutôt autour d'un canoë, puisqu'ils s'étaient inscrits pour une descente de la rivière. Ils s'étaient revus par hasard au Nassier, plage pour tous par excellence. Les amours d'été et de jeunesse ne durent pas toujours, mais le leur avait résisté au temps et à l'éloignement et cela faisait maintenant 20 ans qu'ils étaient mariés. A ses yeux, ils n'avaient pas beaucoup changé. Christophe voyait toujours la jeune fille en Pauline. Ses cheveux coupés court n'avaient pas changé de couleur, toujours un beau châtain foncé, ses yeux gris étincelaient dans une figure qui avait pris de la maturité sans prendre de rides. Elle avait à peu près le même corps qu'à 20 ans. Lui-même n'était plus le maigrichon qu'il avait été à 20 ans, même s'il restait assez svelte, sa chevelure châtain clair et légèrement bouclée était tout aussi dense, mais parfois il y décelait des poils encore plus clairs. Ce n'était qu'en regardant des photos qu'il se rendait compte des changements. Devenu instituteur, il avait réussi au fil des mutations à se rapprocher des Vans, car ils appréciaient tous les deux la région, y revenant régulièrement en vacances en famille. Il était en poste à l'école primaire publique depuis cinq ans, enseignant la classe de CM2, et il comptait y rester jusqu'à sa retraite. Il y a trois ans il était devenu correspondant de presse locale et avait trouvé que c'était une façon merveilleuse de se mettre au courant rapidement de la vie de la commune et de connaître du monde. Quant à Pauline, elle travaillait comme secrétaire dans une association d'aide à domicile dans une commune avoisinante du même canton. Et puis Cédric Albanel, qui connaissait Pauline, car travaillant aussi dans le social, lui avait demandé si cela l'intéresserait de faire partie de la liste d'opposition qu'il montait en vue des élections municipales. Christophe n'était toujours pas sûr que Pauline ait fait le bon choix en acceptant, car maintenant ils étaient deux à avoir des horaires incompatibles avec une bonne vie de famille. Il s'inquiétait parfois pour leurs deux enfants, David et Tiphaine, adolescents, mais ceux-ci ne semblaient pas trop se soucier que leurs parents ne soient pas toujours à la maison, et vaquaient à leurs occupations comme si de rien n'était.

– Tu vas nous aider pour la semaine municipale un peu ? demanda Pauline.

– Je vais déjà la couvrir pour le journal, répondit Christophe. Et vous êtes suffisamment nombreux parmi les élus, sans parler des bénévoles qui sont là depuis des années, et les ados qui apportent leur aide aussi. Tu sais, j'y vais tous les ans, il y a assez d'encadrement. Et puis n'oublie pas que je dois préparer ma rentrée à moi.

– Dommage que David n'ait pas voulu faire l'atelier informatique.

– Mm. Il n'y a pas si longtemps qu'il s'inscrivait pour le raid. Dire qu'il rentre en Terminale. Les années passent. Christophe soupira.

Quelques minutes plus tard, ils quittèrent le café et longèrent la place, tournant à droite juste avant la Poste pour monter la route en direction de leur maison située sur les hauteurs en face de l'imposant Serre de Barre. A pied cela prenait une vingtaine de minutes, et la promenade dans la tiédeur d'une soirée d'été sous un ciel étoilé était agréable.

*

Christophe avait coché les activités de la Semaine Municipale qui fourniraient les meilleures photos pour des articles, et fit un tour chaque jour. Cette Semaine marquait la fin des vacances scolaires et était offerte par la municipalité aux enfants des écoles primaires des Vans, avec une possibilité de raid sur plusieurs jours pour des 12-14 ans. Pour la première fois il y avait un atelier d'échecs, et il y trouva Bernard Desmadjian, le $4^{\text{ème}}$ adjoint. Il était étonné de découvrir qu'il l'animait.

– Vous savez jouer ? demanda ce dernier lorsque Christophe exprima sa surprise.

– Ben, je connais les déplacements, mais je ne fais pas long feu. Les enfants ont l'air de s'amuser.

– Oui. Ça me fait plaisir. Je ne savais pas s'il allait y avoir des participants lorsque j'ai proposé l'atelier, mais je vois qu'il y a des curieux. Je pense qu'il faut tenter des nouveautés. On ne sait jamais. Regardez ce qui se passe avec l'atelier patrimoine monté par La Viste. Au début, il n'y avait que trois ou quatre enfants, à ce qu'on me dit, et maintenant il y en a une vingtaine au moins.

Christophe prit quelques photos puis alla à la recherche d'Elisabeth Garnier pour savoir comment les choses allaient. Un succès, dit-elle, tout en ayant l'air légèrement harassée. Il y avait beaucoup d'enfants. Evidemment, le conseil municipal avait pris un coup de jeune et beaucoup d'élus travaillaient, mais parmi eux quelques uns avaient pris un jour ou deux de congé, et ceux qui étaient à la retraite prêtaient main forte. Il y avait même quelques personnes de l'équipe précédente qui avaient bien voulu aider.

Christophe trouva Jacques Viole en train de surveiller les pétanqueurs en herbe, Marc Faure à la pêche, Michel Lelong, un ancien chef, à la cuisine et Edith Bazin au loto. Claude Balme, pompier volontaire, se démenait à la caserne, habillant les enfants de casques et les faisant manipuler certains équipements. Il savait s'y prendre avec les enfants, et Daniel Combe, le chef de la brigade du CIS des Vans, lui donnait la responsabilité entière de l'atelier. Combien d'entre ces enfants deviendraient des pompiers volontaires, se demanda Christophe. Florian, le fils aîné de Combe, suivait les pas de son père et aidait maintenant Claude Balme dans sa tâche avec les enfants. Le jeune élu Jean-Luc Dubois était parti au raid avec les adolescents, et Christophe comptait sur lui pour lui fournir de belles photos du séjour en plein air et des parcours en VTT.

Josette Creston et Christine Dalverny, élues de Naves, encadraient avec Elisabeth Garnier la Semaine en général, au soulagement de cette dernière qui devant l'ampleur, avait commencé à se sentir submergée. Année après année, cette Semaine devenait de plus en plus pointue, car avec le rajeunissement des dernières équipes municipales et la participation des professionnels du tourisme et autres, le choix d'activités s'élargissait constamment. Des jeunes n'ayant plus l'âge de s'y inscrire, revenaient souvent pour l'encadrer, ce qui laissait un grand espoir quant au déroulement futur. Christophe avait été déçu que son fils David ne souhaite pas participer à cet encadrement. Quant à Tiphaine, elle était trop prise par la plage et les bains de soleil (et les vacanciers, avait ajouté David avec un sourire narquois). Elle ne voulait pas gâcher la dernière semaine des vacances, disait-elle.

Christophe trouva un jour le maire en train de faire un tour. Il avait l'air plus détendu que lors de la réunion du conseil.

– Alors, lui dit-il, que pensez-vous de la Semaine ?

– Ça va très bien, répondit le maire. On s'en sort raisonnablement étant donné que c'est notre première fois. Quelques uns de l'équipe précédente ont bien voulu nous aider. J'ai trouvé cela très bien de leur part. Oui, je pense que cette édition continue la tradition de façon satisfaisante. Vous êtes invité à la soirée de clôture vendredi, vous savez.

– Oui, on m'a donné l'invitation.

– Vous avez pris des photos de tout ?

– Oh, non, quand même. J'ai demandé à Jean-Luc Dubois de faire des photos pour le raid, et pour les activités qui emmènent les enfants dans d'autres communes, comme à Jalès, j'ai averti le correspondant. Impossible de tout couvrir, de toute façon. Il y a déjà un article ce matin dans le journal. Vous l'avez vu ?

– Oui. Et votre rentrée ?

– Pas trop mal. On est en augmentation d'effectif. Notre directeur continue de recevoir des inscriptions de familles qui emménagent. Il faut maintenir la pression pour la classe.

– Vous savez, ils ne vont pas ouvrir une autre classe.

– Non, je parlais de garder celle qu'on a eue.

– Ah.

– On nous menace toujours de la fermer, alors que le nombre d'enfants ne diminue pas.

– Ah.

Christophe se dit que pour un universitaire, le maire ne montrait pas beaucoup d'intérêt pour l'avenir de l'école. Il avait déjà fait ce constat avant les vacances. Il y avait eu des manifestations de la part des enseignants, et le maire n'avait fait que passer en vitesse. C'est vrai que les chercheurs avaient été dans le collimateur du Président de la République, il y a quelques années. Il en avait peut-être fait les frais. Pourtant, en tant que premier magistrat de la ville il était de son devoir de soutenir l'école de la République, se dit Christophe gardant ses pensées pour lui. Sans doute aurait-on l'appui du conseiller général.

DEUX

Quelques jours plus tard les rues retrouvaient leur animation matinale avec le va et vient des cars et des taxis ramenant les enfants aux écoles. Comme d'habitude Christophe put couvrir la rentrée de sa propre école pour le journal, mais pas celle des autres. Il avait ses contacts qui lui enverraient les photos souhaitées. Il vit la jeune Amina Yahiaoui qui accompagnait ses enfants. Toute nouvelle conseillère municipale, elle avait fait partie de la deuxième liste et avait été élue avec un nombre impressionnant de voix. Le maire arriva, accompagné d'Yves Rogier, maire-délégué de Chassagnes et président de la commission des affaires scolaires, et de Pauline. Le maire regarda autour de lui d'un air distrait avant de se diriger vers Pierre Courroux, le directeur de l'école, pour échanger quelques paroles avec lui. Il sursauta lorsque la sonnerie retentit et battit en retraite pour éviter les enfants qui se mettaient en rangs dans un joli brouhaha. Christophe récupéra sa classe et monta l'escalier pour entrer dans le bâtiment.

– C'est drôle quand même, l'attitude du maire, dit-il à sa femme le soir venu. On dirait qu'il a peur des enfants. Et il ne semble pas trop concerné par nos problèmes de classes surchargées. Il était dans l'enseignement pourtant, n'est-ce pas ?

– Oui, mais en milieu universitaire où il enseignait l'économie. Et c'est vrai qu'il regarde de très près plutôt tout ce qui touche aux sous dans la commune. Il est horrifié par notre taux d'endettement et il voudrait réduire un tas de choses, et en augmenter un tas d'autres. Il se penche déjà sur le budget de l'année prochaine. Il dit que la fin de l'année s'annonce difficile et il va falloir laisser tomber des actions.

En tant qu'enseignant, Christophe avait tendance à penser à l'année en termes d'année scolaire. Alors que Pauline se voyait en fin d'année, pour lui la nouvelle année commençait maintenant. Beaucoup d'activités cessaient pendant les vacances d'été, et avec la rentrée des classes, tout reprenait. Les Vans avait beau être un petit bourg tranquille hors des sentiers battus au niveau d'événements bouleversants, où les vacanciers venaient pour profiter du soleil, de la rivière et des magnifiques paysages montagneux, l'année était ponctuée par une ronde d'activités. Combien de fois avait-il entendu le même commentaire de la part des estivants : « Ça doit être mort ici en hiver ». Mort non, tranquille certes par rapport à l'été avec ses foules, mais il se passait bien des choses, le bourg avait une vie bien à lui, il n'attendait pas les touristes pour s'animer.

Christophe aimait la sensation que donnait Les Vans d'être encore relativement à l'abri des tourments que connaissaient certaines grandes et moyennes villes. Il était venu ici après tout pour la qualité de la vie. Après quelques années maintenant au service du journal local, il connaissait le rythme du bourg, et sans doute cette année ressemblerait-elle à tant d'autres.

*

David Weetsen vit les jumeaux Courroux à l'arrêt des cars et alla les rejoindre. Corentin et Cédric étaient les fils de Pierre Courroux, et ils avaient beau avoir un directeur d'école comme père, candidat qui plus est aux dernières élections à la mairie de Joyeuse où la famille habitait, ils étaient loin de suivre dans son sillage. Ils voulaient tous les deux travailler dans le cinéma, et n'arrêtaient pas d'échafauder des scénarios et de tourner des petits films. Ils avaient une imagination débordante. Parfois David les aidait pour créer des effets spéciaux numérisés. David ne savait pas trop ce qu'il voulait faire plus tard, sauf qu'il voulait continuer l'informatique. Il laissait ouvert ses options et se trouvait maintenant en Terminale S ; les jumeaux avaient opté pour le Bac L et espéraient intégrer une école de cinéma.

– Alors, leur dit-il maintenant, comment ça a été, cette reprise ?

– Bof ! Mais bon, il faut y passer. On a hâte d'être déjà l'année prochaine pour tout te dire. Notre père chéri veut absolument qu'on passe par le bac.

– Comme le mien. Vous avez qui comme prof ?

Ils passèrent les minutes qui suivirent à comparer leurs professeurs respectifs et à lorgner les filles qui passaient.

– Elles ont l'air bien jeunes les Secondes, tu ne penses pas ? demanda Corentin.

– C'est vrai. Et t'as vu les garçons ? Il y en a qui n'ont vraiment pas l'air d'être des lycéens.

– Par contre, celle-là, Cédric indiqua une fille dont la petite robe d'été serrée ne laissait rien à l'imagination, elle fait plus âgée.

– Elle est dans ma classe, dit David. Et elle est plus âgée, elle redouble sa terminale.

– Je ne me rappelle pas l'avoir vue l'an passé. Une fille comme ça, elle m'aurait tapé dans l'œil !

– Non, elle a changé d'école.

– Hm, dit Corentin. Tu penses qu'elle serait intéressée par un rôle dans notre prochain film ?

– Vous n'avez qu'à le lui demander. C'est quoi le sujet ?

– On sait pas encore. On cherche des idées. T'en as pas ? Qu'est-ce que t'as fait pendant les vacances ?

– Rien de particulier.

– Ben nous non plus. Et il s'est rien passé à Joyeuse pour nous inspirer. Pas de noyades dans la Beaume ni dans la piscine, pas de fou furieux sur la déviation, pas de feux de forêts. Le calme plat.

– Pareil aux Vans. A croire que les gens suivent comme des moutons tout ce lavage de cerveau qu'on entend sans fin à la télé. Fais pas ceci, fais pas cela, fais ci, fait ça. J'ai même entendu quelqu'un dire que l'on devrait interdire le parapente à cause des oiseaux.

– Quoi ? A cause des oiseaux ?

– Oui, comme quoi les oiseaux ne voient pas arriver les parapentistes et pourraient – pourraient remarquez ! – les heurter.

– Ben … Les jumeaux levèrent les sourcils.

– Je suppose quand même que les oiseaux voient les autres oiseaux pour les éviter, poursuivit David. Pourquoi ils ne verraient pas les parapentistes ? Et puis, si ça arrivait, on en aurait entendu parler, non ? C'est pas comme des lignes de haute tension pas très visibles. Ah, enfin, il arrive ce bus. Quand même c'est le terminus, tu penserais qu'il serait déjà là.

– Début de l'année, faut qu'ils reprennent les habitudes.

– Dans tout les cas, ça fait un peu de bien de retrouver l'école, ça donne quelque chose à faire. Il ne se passe jamais rien d'intéressant aux Vans. J'ai vraiment hâte de partir à la fac.

– Ah, t'as décidé pour la fac ?

– Non, pas encore. J'sais pas trop.

– Ah, tu utilises donc le mot dans un sens générique, dit Corentin imitant un des profs de français.

– Oui, poursuivit Cédric. Le mot fac, utilisé dans ce contexte, devient, aux yeux de l'auteur, synonyme du concept de futur.

– C'est ça, sourit David se hissant dans le car.

*

– Alors, cette rentrée ? demanda Christophe à Tiphaine qui sirotait un jus de fruit sur le patio.

– Bof, Tiphaine haussa les épaules. Rien de particulier. Les mêmes profs que l'année dernière. Sauf qu'on va peut-être faire quelque chose dans le cadre d'un truc avec des gens qui viennent de quelque part.

– Je vois que tu es bien au courant.

– Bof, j'ai pas trop écouté.

Christophe mordit sa langue pour s'empêcher de sortir un paragraphe de remontrances sur le fait de faire preuve de plus d'attention. Il fallait laisser passer au moins le premier jour avant de faire la leçon.

– Oh, oui ! fit Tiphaine posant le verre. Il y a eu quand même l'ascenseur qui est tombé en panne.

– Pourtant il n'est pas vieux. Le collège n'a pas encore 6 ans.

– Et deux personnes étaient coincées à l'intérieur, un petit 6ème et un prof. Le 6ème a eu peur.

– Ça a duré longtemps ?

– J'sais pas.

Christophe leva les yeux au ciel.

– Qu'est-ce qu'ils sont petits les 6èmes, poursuivit Tiphaine. On dirait des bébés.

– Vous étiez comme ça, vous aussi, en 6ème. Et l'an prochain tu seras de nouveau parmi les plus jeunes au lycée.

– Mouais, mais ça sera pas pareil. Et toi, Papa, ça s'est bien passé ?

Christophe leva les sourcils cette fois, mais de surprise.

– Ben, oui, merci. Nos classes sont bondées, mais on survit. Fais voir un peu ton emploi du temps.

Tiphaine se tira de sa chaise, alla chercher son sac à dos et fouilla dedans pendant un bon moment avant d'extraire son agenda. Elle l'ouvrit à la page voulue et le tendit à son père qui le consulta.

– Et voilà que c'est reparti, soupira Tiphaine. Mais enfin, ça fait du bien de se retrouver entre copines. Les vacances sont longues. On finit par s'ennuyer un peu. Surtout que tu ne veux pas que j'aie un scooter. Je suis coincée.

– Ce n'est pas moi qui t'achèterai ça, tu le sais bien. Et tu n'es pas coincée, tu as tes pieds.

– Très drôle. Mais quand même, j'aimerais vivre dans une ville avec plein de choses à faire sur place. Ici, il n'y a rien qui se passe.

Christophe ne répondit pas. Il trouvait qu'il y avait beaucoup de choses à faire aux Vans, mais c'est vrai qu'il était un adulte et il avait des activités intéressantes. Mais Tiphaine ne semblait s'intéresser à rien en particulier, donc oui, c'est vrai, elle s'ennuyait parfois.

*

La prochaine réunion du conseil municipal était programmée pour la mi-septembre. Quelques jours avant, une réunion informelle eut lieu en début de soirée afin de pouvoir la terminer par le verre de l'amitié pour marquer la rentrée, comme disait Hugues Vidal. Pauline se dit que Christophe aurait certainement apprécié d'être présent à cette réunion et il aurait fait une remarque très sarcastique quant à l'amitié que le verre allait sceller. D'ailleurs, elle-même se demandait si elle allait rester.

Les insultes volèrent de nouveau concernant le terrain sur les Gras à Chassagnes que Claude Balme défendait avec tant d'ardeur. Pourtant il ne lui appartenait pas. Le propriétaire était inconnu à la plupart des gens, même d'Yves Rogier. Jadis, on avait projeté d'y développer un musée écologique. Le nouveau propriétaire voulait construire une base de loisirs où une piste de karting serait la principale activité. Des pétitions contre le projet parvenaient à la mairie de la part des Amis de l'Olivier, car le terrain jouxtait la Colline des Oliviers, un joli parcours à travers une olivette, qui était appréciée de plus en plus par les visiteurs et les spécialistes, et qui visait à la préservation et au développement de différentes espèces d'oliviers.

On avait à peine réussi à calmer les choses que Christel Brossorian, commerçante élue de la troisième liste, commença à se plaindre du montant qu'on allait consacrer à des travaux à Brahic, le seul village à ne pas être restauré au même niveau que les deux autres communes associées. Didier Colomb réagit au quart de tour et les termes qu'il employa auraient fait rougir des moins sensibles. Christel Brossorian quitta la salle en claquant la porte si fortement qu'on sentit passer un courant d'air dans la chaleur inerte de la salle.

– Bah, un peu d'air, ça fait du bien ! murmura Christian Crégut tout de suite avec un sourire narquois.

– Toi, tais-toi, si tu n'as rien de constructif à dire ! Pauline ne put garder le silence.

– S-s'il vous plaît ! Vidal tapa du poing sur la table. Il f-faut discuter des f-finances, de toute façon. On doit f-faire des économies.

– Dans ce cas, Christel n'a pas tort. Michel Lelong regarda autour de lui. Il y a certainement des travaux qui peuvent attendre à Brahic. Ce n'est pas la peine de tout faire tout de suite.

– Putain ! Didier Colomb leva la voix de nouveau. T'y es allé faire un tour récemment ? T'as vu l'état de nos routes ? Tout ce qu'on fait, c'est verser des louches de goudron pour remplir les trous, alors qu'il faudrait s'y attaquer sérieusement. A long terme ça coûterait moins cher. Et pourquoi on reste les seuls à ne pas avoir enfoui nos réseaux ? Et puis le revêtement au centre du village – on se croirait au Moyen Âge. Et la route de La Prade qui s'en va tout le temps parce qu'on ne fait pas ce qu'il faut. Ils pataugent dans la boue quand il pleut !

– Oui, oui, mais une p-partie de ces routes n'est pas de notre ressort, Vidal essaya d'avoir l'air ferme. C'est la région.

– Putain la région, pour ce qu'elle sert ! La voix haute perchée de Hadoub Bazazi coupa celle du maire. Depuis qu'elle a avalé le département, c'est pire, tè ! Elle n'a de l'argent pour rien ! Notre pauvre conseiller ne sait plus où donner de la tête. Un de ces jours il va avoir un infarctus, et vous pouvez me dire qui prendra sa place ? On pourrait avoir n'importe quel couillon.

– C'est vrai qu'il se démène, commenta Michel Lelong. Je ne suis peut-être pas du même bord, mais je ne peux pas nier qu'il prend à cœur nos intérêts.

– Ah, pour ne pas être du même bord, je me demande justement de quel bord tu es exactement, murmura Claude Balme.

– Purée, mais vous vous conduisez comme des gamins ! Pauline rassembla ses papiers devant elle. Si ça continue comme ça, je m'en vais aussi. J'ai mieux à faire que d'écouter vos sottises. Pour l'amour du ciel, Hugues !

– Pourquoi moi ?

– Parce que tu es le maire, tè, c'est à toi de diriger la réunion et calmer les choses. Pétard, je regrette d'avoir voté pour toi !

– Ah bon ? Tu as voté pour lui ? Cédric Albanel fusilla Pauline du regard.

Mais Pauline n'allait pas dire à Albanel qu'elle l'avait trouvé trop autoritaire pendant la campagne et qu'elle ne pensait pas qu'il avait les qualités requises pour être maire.

– Mais enfin ! Tu étais sur ma liste, la moindre des choses ç'aurait été de voter pour moi, non ?

– On est en démocratie, il me semble, et je peux faire ce que je veux.

Elisabeth Garnier repoussa tout à coup sa chaise et se leva.

– Bon, je ne supporte plus. Je m'en vais aussi.

– Mais, le v-verre de l'amitié… Hugues Vidal était manifestement désemparé.

– Tu sais où tu peux le mettre. Continuez comme ça et je vais démissionner du conseil. Moi, je suis venue pour travailler pour la ville, pas pour régler mes petits comptes mesquins.

Le vieux Jacques Viole se leva également.

– Je suis désolé, Hugues, mais il va falloir mettre un terme à toutes ces discordes. Je suis d'accord avec Elisabeth. Ce n'est pas comme ça que je voyais l'équipe municipale. D'ailleurs, dans le temps, je doute fort que les choses auraient pu se passer ainsi.

– Ben, évidemment, on fermait son bec et on s'écrasait, grommela Claude Balme.

– Et tu remets ça ! Jacques Martin se leva aussi. Je ne reste pas ici pour entendre de tels propos contre les anciens qui ont fait un travail magistral !

– Mais enfin … Hugues Vidal se leva dans un effort pour imposer son autorité. Arrêtez, on n'a pas f-fini de préparer la réunion du c-conseil.

– Ecoute, c'est évident qu'on n'arrivera à rien ce soir ! Marc Faure explosa enfin. Mets ce que tu veux ! De toute façon qu'est-ce que ça change d'avoir ces foutues réunions informelles ? On arrive jamais à un consensus et on va pas y arriver le jour de l'officiel non plus ! Quelle perte de temps ! Moi aussi si j'avais su que tu ne savais pas diriger le conseil, je n'aurais jamais voté pour toi !

– Quoi ? Claude Balme se mit debout, son visage blême. Pétard, t'étais sur ma liste, espèce d'andouille, et tu n'as pas voté pour moi comme maire ?

Il ramassa ses affaires, repoussa son fauteuil bruyamment et se dirigea vers la porte, qu'il ouvrit avec fracas avant de la fermer avec le même fracas.

Un silence régna dans la pièce pendant un petit moment avant que quelqu'un osa le briser. Vidal avait l'air de vouloir s'envoler par la fenêtre.

– Hm, je propose qu'on oublie le verre de l'amitié pour aujourd'hui, lui dit Amina Yahiaoui dans une petite voix. Tu nous envoies des mails avec tes propositions d'ordre du jour, on te donne notre avis sur les sujets, par mail toujours, et espérons qu'on arrivera à quelque chose la semaine prochaine.

Un silence gêné régnait maintenant. Les uns et les autres ramassèrent leurs papiers, et quittèrent un par un la grande salle.

TROIS

Il était encore tôt, le soleil n'était pas encore visible derrière les buttes qui entouraient la ville, mais ses rayons éclaircissaient le ciel à l'est. Deux camions de livraison s'arrêtèrent dans les parkings vides du centre commercial, chacun devant le hangar d'un des supermarchés. Les chauffeurs en descendirent, se mirent à ouvrir les portes à l'arrière afin de décharger de la marchandise. Un promeneur très matinal qui suivait son chien, s'arrêta pour observer les manœuvres avant de poursuivre son chemin. Quelques lumières éclairaient les vitres des appartements construits à côté du magasin de discount. Une voiture s'arrêta à la station service, et le chauffeur descendit pour se servir de gazole. Il introduisit sa carte dans la machine, tapota sur les touches puis décrocha la pompe. Pendant que le carburant remplissait le réservoir de sa voiture, il promena son regard paresseusement autour de lui.

Il claqua sa langue en voyant la voiture stationnée sur la rampe du lavage auto.

Franchement, comme s'il n'y avait pas de place de libre dans le parking ! Quand même, les gens sont d'un sans-gêne !

Il raccrocha la pompe, ferma son réservoir, récupéra le reçu, s'engouffra dans sa voiture et partit.

Un quart d'heure plus tard une deuxième voiture arriva. Le conducteur fit les mêmes démarches que le client précédant, sauf que celui-ci choisit de l'essence 95. Lui aussi promena le regard autour de lui en attendant que son réservoir se remplisse. Il vit la voiture sur la rampe du lavage auto et se demanda pourquoi le client prenait si longtemps avant de démarrer le lavage. Il récupéra son ticket et était sur le point de monter dans son véhicule, lorsque cela lui vint à l'esprit que la voiture n'avait pas l'air sale, et que son conducteur, qu'il voyait clairement puisque la vitre était baissée, n'avait pas bougé.

Il s'approcha de la voiture. Le conducteur était affalé sur le volant.

— Excusez-moi, Monsieur, vous avez un problème ?

Devant l'absence de réponse, il passa une main à travers la vitre ouverte pour toucher l'homme. Celui-ci bascula vers la droite, révélant un regard vitreux.

— Mon Dieu !

Il sortit son portable et composa le 18.

*

Christophe venait de se verser un bol de café lorsque son portable sonna. Il alla chercher l'appareil, et revint vers la cuisine tout en répondant.

— Oui, je m'en occupe, dit-il avant de raccrocher. Eh bien, c'était le journal. Fait divers ici aux Vans. On a trouvé un mort dans une voiture au centre commercial.

— Un mort ? David leva la tête de son étude du petit bonhomme sur la boîte de chocolat en poudre au milieu de la table. Qui ça ?

— Comment veux-tu que je le sache ? Je n'y suis pas encore allé !

— Qu'est-ce que tu peux être bête, marmonna Tiphaine levant les yeux au plafond.

— Ah, ne commencez pas, interrompit Pauline. David, dépêche-toi sinon tu vas rater le car, et je te préviens, je ne te conduis pas à Aubenas !

— Ouais, ouais…

— Purée ! Mais tu as le temps de prendre ton petit dèj quand même, dit-elle en direction de Christophe en le voyant boire son café debout. Tu sais très bien qu'il ne va pas disparaître de sitôt, le mort. Et puis, tu ne peux pas aller travailler le ventre vide.

— Mouais, c'est vrai, tu as raison. Christophe s'assit et prit une tartine qu'il entreprit de couvrir de beurre et de confiture.

Au début de son activité de correspondant local, il s'était précipité dès le coup de fil de la part du journal à Aubenas qui avait été prévenu par les autorités. Mais au bout de quelques affaires, il s'était rendu compte qu'il fallait un certain temps entre la réception de l'appel centralisé et l'arrivée des pompiers locaux sur place. En plus, avec un macchabée, la gendarmerie serait là aussi, en train de procéder à des investigations préliminaires et des relevés d'indices, etc. Il avait du temps donc, surtout s'il voulait avoir quelques informations sérieuses à noter. Il n'y avait que les incendies qui méritaient qu'on se dépêche.

Une demi-heure plus tard, il arrêta sa voiture sur le parking du centre commercial. Le véhicule qui se trouvait sur la rampe du lavage auto ne lui semblait pas inconnu, mais aucun nom ne lui vint à l'esprit quant au propriétaire. Il s'approcha de Daniel Combe qui était avec le Lieutenant Hervé Rousset, chef de la Brigade de la Gendarmerie des Vans et de Saint-Paul-le-Jeune. Ils le saluèrent à son approche.

— Alors ? demanda-t-il.

— Salut Christophe. Le visage du Lieutenant était sombre. C'est Hugues Vidal.

— Quoi ? Le maire ?

Hervé fit un geste vers la voiture autour de laquelle s'affairaient les pompiers et quelques gendarmes. Oui.

— Hugues ? Il est mort ? demanda Christophe, écarquillant les yeux. Mais comment ?

— A première vue, ce serait une crise cardiaque.

— Mais … c'est pas possible ! Il était en forme hier soir !

– Hier soir ?

– Il avait une réunion avec tous les conseillers. C'est pas possible !

– Ça peut arriver n'importe quand, tu sais.

– Oui, mais enfin ... Mon Dieu, vous avez prévenu Maryse ?

– Oui. J'ai envoyé quelqu'un chez elle.

– Mon Dieu ! Et il est mort quand ? Ce matin ?

– Non. A première vue, ça fait quelques heures qu'il est mort. Il va falloir faire une autopsie bien sûr.

– Quelques heures ? Mais ...

– Mon Lieutenant ! La voix d'un de gendarmes près de la voiture interrompit sa phrase. Avec un geste d'excuse, Hervé Rousset rejoignit l'officier. Christophe le suivit.

Le corps du maire avait été transféré dans l'ambulance des pompiers.

– Dites, mon Lieutenant, l'intérieur de la voiture est trempé. Le corps l'était aussi d'après les pompiers.

Rousset se pencha à l'intérieur et scruta l'habillement avant de se redresser.

– On a pris des photos avant de déplacer le corps, je suppose.

– Oui, bien sûr.

Le Lieutenant fit le tour de la voiture. Christophe lui emboîta le pas et ils furent bientôt rejoints par Daniel Combe.

– Très curieux, dit ce dernier. Toutes les vitres sont baissées et tout est mouillé à l'intérieur. Et si vous regardez bien la carrosserie, le véhicule a bel et bien été lavé. Sinon, s'il était déjà propre, pourquoi venir ?

– Pauvre homme, dit Christophe, il aurait mis en marche la machine et aurait eu une crise cardiaque avant de pouvoir faire quoi que ce soit.

Hervé le toisa.

– Tu baisses tes vitres, toi, avant de passer ta voiture par la machine ?

– Ben non, évidemment.

– Et puis, tu roules avec toutes tes vitres baissées ? ajouta Daniel.

– Ben non, quelle idée.

– Autrement dit, il y a quelque chose qui cloche, dit Hervé à Daniel.

Les deux hommes se connaissaient depuis leur enfance, et s'étaient retrouvés aux Vans par un de ces hasards opérés par les autorités qui mutent leur personnel. Ils avaient grandi près de Joyeuse. Pour des raisons professionnelles, Daniel sapeur pompier professionnel avait choisi de venir aux Vans, remplaçant le précédant chef de brigade un an auparavant. Hervé avait rejoint les rangs de la gendarmerie et avait travaillé dans diverses régions de France, avant de se voir enfin muter aux Vans. Il espérait finir sa carrière ici. Il avait été enchanté de voir son vieux copain d'école arriver en ville. S'ils connaissaient Christophe c'était parce que leurs services s'étaient rendus à l'école primaire lors d'animations diverses.

Le Lieutenant avait été sur le point de faire enlever la voiture. Il changea d'avis et ordonna la mise en place d'un cordon autour de la station, puis appela les services d'investigation scientifique. Peu après son portable sonna. Il écouta en silence, puis donna quelques instructions.

– Bon, tu peux emmener le corps, Daniel. On conduira Mme Vidal directement sur place.

Daniel Combe transmit les instructions et les pompiers se dispersèrent.

– Mais, dit Christophe une fois le calme revenu. Si sa mort remonte à quelques heures, qu'est-ce qu'il faisait dehors au milieu de la nuit ? La réunion s'est terminée tôt. Pauline était de retour vers 20 h.

— Tout dépend de l'heure exacte de sa mort. Quelques heures, ça couvre un laps de temps assez large.

— Donc, si je comprends bien par ton appel à la section scientifique, il ne s'agirait peut-être pas d'une crise cardiaque quelconque. Sa mort est devenue suspecte.

— On le dirait.

— Et je peux mettre cela dans mon article ?

— Ecoute, suspecte, ça peut vouloir dire deux choses : soit c'est un meurtre, soit c'est un suicide.

— Un suicide ? Mais pourquoi voudrait-il se suicider, bon sang ? Et puis, un meurtre ? Ici aux Vans ? Pas possible !

— Ce ne sera pas la première fois qu'on tue aux Vans. La dernière affaire a été élucidée en 2008. Mais bon, je préférerais que tu ne parles que d'une éventuelle crise cardiaque pour cette fois, et tu nous laisses finir nos investigations. D'accord ? Tu sais qu'on n'est pas avare d'informations.

— Oui, je sais. Il consulta sa montre. Bon, j'y vais. Tenez-moi au courant.

Avec un peu de chance, pensa-t-il, faisant le tour du rond-point et prenant la direction des écoles, je pourrai expédier l'article avant le début des cours.

*

La nouvelle du décès du maire se répandit dans le bourg à la vitesse d'une traînée de poudre qu'on avait allumée, et l'effet produit ressemblait bien à celle d'une bombe. Partout c'était la consternation. On n'entendait parler que de cela dans les commerces, les cafés et les rues. Passé le premier choc et l'inévitable question « Comment est-il mort ? », on arriva vite à la suivante qui concernait, bien sûr, le siège vacant.

Par le passé, disaient les anciens, c'était facile. On savait qui était le dauphin. Mais avec ce conseil, impossible de prédire qui va être le nouveau maire. Tous les adjoints au moins vont certainement tenter leur chance encore une fois, disaient ceux qui avaient assisté au choix de maire après les dernières élections. Mais avant cela, rappelaient d'autres, il va falloir faire entrer un nouveau conseiller. C'était qui déjà le prochain sur la liste par rapport au nombre de voix ?

Personne ne s'en souvenait.

C'était la question que Pierre Courroux posa à Christophe lors de la récréation.

– Ma foi, je ne me rappelle pas, dit Christophe. Mais Pauline va le savoir.

– Tiens, elle ne voudrait pas briguer le poste, elle ? Les Vans n'a jamais eu de mairesse.

– Hm, ça suffit déjà comme conseillère municipale, en ce qui me concerne. Toujours en réunion avec toutes ses commissions. Et puis, elle n'a jamais dit qu'elle aimerait être maire. Elle n'a pas posé sa candidature l'autre fois. Quel cirque, cette séance-là ! Il fallait voir la tête de l'autre correspondante, elle n'avait jamais rien vu de pareil ici !

– Maître, maître ... ! Des voix d'enfant attirèrent leur attention, et grommelant, le directeur s'éloigna de Christophe.

– Qu'est-ce qu'ils font encore, ceux-là ?

Christophe regarda son collègue s'acharner à séparer un groupe de garçons de sa classe de CM1 et soupira. L'an prochain, il les aurait, et cette perspective ne lui donnait pas beaucoup de plaisir. C'était un groupe de têtes dures qui ne s'amélioraient pas avec l'âge. D'après ce qu'on lui avait dit, ils s'étaient fait repérer dès la maternelle. Et avoir des classes surchargées n'aidait pas à les contenir. Il était soulagé que ses enfants ne s'y trouvent plus. Cela n'avait pas été de tout repos déjà à leur époque, mais comparé à ce qui se passait actuellement, cela semblait maintenant presque paradisiaque. Pourtant, cela pouvait être bien pire en collège et lycée. David avait traversé ces années sans trop de dégâts. Christophe croisait les doigts et espérait que Tiphaine n'aurait pas trop de difficultés.

A midi, il retrouva brièvement son épouse à la maison, pour un repas pris rapidement. Il lui posa donc la question concernant le remplacement d'un conseiller municipal.

– C'est Jean-Claude Barre, dit-elle, son visage reflétant sa peine et son désarroi. Je vais aller voir Maryse après mon travail.

Christophe ne connaissait pas ce Jean-Claude Barre et son directeur non plus. De toute façon, ce dernier était plus au fait de ce qui se passait à Joyeuse.

A la fin de l'après-midi, il vit la jeune Amina Yahiaoui qui venait chercher ses enfants et se dirigea vers elle.

– Vous avez des nouvelles ? lui demanda-t-il.

Elle secoua la tête.

– C'est affreux, tout de même, dit-elle. On dit que c'était une crise cardiaque. Difficile à croire, mais enfin ça a bardé pas mal hier soir.

Christophe opina de la tête. C'est ce que m'a raconté Pauline.

– Il était encore dans son bureau lorsque je suis partie, poursuivit-elle, avant de pousser un soupir. Dire qu'il va falloir recommencer avec quelqu'un d'autre. Hugues commençait seulement à se sentir à l'aise dans les dossiers. Personnellement je ne vois pas qui pourrait le remplacer.

– Cédric Albanel ?

— Non, merci. Cela deviendrait une petite dictature avec lui.
— Vous-même ?
— Vous rigolez ? Chaque chose en son temps. C'est déjà bien d'avoir percé le cercle du conseil. Il ne faut pas vouloir tout avaler d'un coup. Cela ne passerait pas. Toutefois, je ne dirais pas non à un poste d'adjointe.
— C'est ce que dit Pauline.

Mme Yahiaoui sourit. Bon, je vous laisse, mes petits diables ne vont pas rester tranquilles bien plus longtemps. Et comment voulez-vous que je sois maire, avec ma petite famille ? demanda-t-elle en s'éloignant.

Christophe remonta dans sa classe ranger ses affaires et préparer quelques activités pour le lendemain. Il ramassa des objets personnels que certains enfants avaient oubliés, et les posa en lieu sûr. Puis il descendit et traversa la cour en direction de la photocopieuse afin de reproduire des feuilles de travail pour ses élèves. Pierre Courroux descendait lentement les marches son portable collé à l'oreille. Il le salua de la main. Les femmes de ménage étaient en train de balayer. Il n'était pas seul à faire des copies, et autour de la machine, les enseignants parlèrent du seul sujet de conversation qui importait ce jour-là. Christophe écouta ce qui se disait dans l'espoir de glaner des informations fraîches. Après tout, les enseignants voyaient du monde, certains avaient aussi des enfants qui fréquentaient ceux des pompiers et des gendarmes, comme les siens. Ce qui se disait chez les uns et les autres pourraient s'avérer très intéressant. Mais en l'occurrence, cette fois, rien de neuf n'avait filtré.

Ses copies faites, il retraversa la cour et remonta dans sa classe. A force de monter et descendre plusieurs fois par jour, se disait-il, pas besoin de faire du sport. L'école le maintenait en bonne forme. Il posa la pile de papiers dans une chemise cartonnée sur son bureau, mit son manteau, prit son sac et partit.

*

Pauline n'était pas la seule élue à se rendre chez Maryse Vidal. Elle y trouva Elisabeth Garnier, Christine Dalverny, Edith Bazin et Christel Brossorian.

– Les autres sont passés dans l'après-midi, dit Maryse Vidal d'une voix blanche. C'est gentil à vous tous de venir. Ils disent que c'était une crise cardiaque. Je n'arrive pas à le croire. Qu'est-ce qui a pu provoquer ça ? Il allait bien. Il n'a jamais eu des problèmes au niveau du cœur. Je ne comprends pas.

Elle ne put empêcher des larmes à remplir ses yeux.

– C'est vrai qu'on a été dur avec lui hier soir, avoua Elisabeth doucement. Mais de là à provoquer une crise cardiaque…

– Mais comment ça se fait qu'on l'a trouvé au centre commercial ? Est-ce qu'ils ont dit quand il est mort ? demanda Edith d'une voix douce aussi.

– Ils sont en train de faire une autopsie, mais ils disent que cela remonte aux alentours de minuit.

– Minuit ? Qu'est-ce qu'il faisait à cette heure-là dehors ? demanda Christine. On a terminé assez tôt, surtout qu'il n'y a pas eu de pot après, comme prévu.

– Oui, en fait il est rentré vers 21h. Il était assez déprimé, en effet, après le fiasco de la réunion. Il ne voulait pas trop en parler, il voulait se détendre, a-t-il dit. Alors on était en train de regarder la télévision lorsqu'il a reçu un coup de téléphone. Il a discuté pas mal de temps, puis il est sorti en disant qu'il lui fallait un dossier qui se trouvait à la mairie.

– Ça aurait pu attendre le lendemain, non ? demanda Edith.

— C'est ce que je lui ai dit, mais il est pointilleux. Il a dit qu'on viendrait le voir tôt le matin pour en discuter en détail, donc il voulait en connaître tous les tenants et aboutissements.

Pauline sourit légèrement devant l'utilisation de mots de ce genre qui revenaient souvent dans la bouche d'élus en général.

— Mais tu ne t'es pas inquiétée lorsqu'il n'est pas revenu ?

— Il m'a dit de ne pas l'attendre, car il ne savait pas combien de temps allait lui prendre. C'était déjà fort tard lorsqu'il est parti, pas loin de 23 h il me semble. Alors je suis allée au lit, et je me suis endormie.

— Moi, je n'arrive pas à m'endormir tant qu'Adrien n'est pas revenu, commenta Edith.

— Oui, mais vous savez, depuis le temps, j'ai appris à le faire. Quand il était maître de conférences, cela lui arrivait fréquemment d'avoir des colloques et des conférences en dehors des heures de fac, et on ne savait jamais à quelle heure ça allait terminer. Alors, au fil des années, je me suis habituée. Je m'endors, mais évidemment, j'ouvre un peu l'œil quand il revient.

— Et là donc, tu n'as ouvert l'œil que ce matin.

— Assez tôt quand même. J'ai d'abord cherché partout dans la maison, même si j'ai vu que son côté du lit n'avait pas été touché. Mais quand j'ai vu que la voiture n'était pas là, j'ai commencé à paniquer. J'ai fini par téléphoner à quelques membres du conseil, j'étais gênée car il était encore tôt, et c'est à ce moment-là que les gendarmes sont arrivés.

Les larmes pointèrent de nouveau dans ses yeux.

— Tu ne sais pas qui lui a téléphoné ?

— Non, il ne m'a pas dit.

— Et tu ne sais pas de quoi il a parlé ?

— Non, de toute façon il a emmené le poste de téléphone dans la cuisine, et j'ai continué à regarder mon émission. Et maintenant, je suis obligée d'attendre qu'ils finissent l'autopsie avant de pouvoir même organiser les obsèques !

Elle éclata enfin en sanglots.

*

Pauline arriva à la maison pour trouver un message de la part de Cédric Albanel, convoquant le conseil à une réunion lundi soir, et confirmant que Jean-Claude Barre le rejoignait. Christophe leva les sourcils lorsqu'elle lui en fit part.

– Une réunion déjà lundi ? Mais … réagit-il étonné.

– Il faut élire un nouveau maire, tu sais. Et rapidement. Et en tant que premier adjoint, c'est à Cédric Albanel de prendre en main la procédure.

– Il ne perd pas de temps. On n'a même pas encore enterré Hugues !

– Je sais, et on ne va pas pouvoir le faire, pas avant de connaître les résultats de l'autopsie et que la gendarmerie relâche son corps. Cédric me dit qu'on ne veut rien dire pour l'instant. Et pauvre Maryse, c'est épouvantable pour elle ! Tu imagines ! Mais on ne peut pas laisser la ville sans maire pour un temps indéfini, tout de même. Il y a des dossiers qui attendent sa signature.

– Oui, mais enfin … Et toi, tu vas poser ta candidature ?

– Tu rigoles ? Non, mais être adjointe m'intéresserait, pourquoi pas ? Surtout au niveau du social, tu comprends.

– Tu penses que Cédric sera élu ? Il est quand même premier adjoint.

– Cela ne veut rien dire. Et je pense qu'il y en a pas mal qui ne l'aiment pas trop. Il est un peu autoritaire. Ça passe mal.

La porte de la maison se ferma avec une claque. Le bruit fut suivi de celui d'un sac à dos qui atterrissait lourdement sur le sol dans le hall d'entrée. Des pas rapides s'approchèrent de la cuisine et David parut dans l'embrasure de la porte.

– Hé, dites donc, c'est vrai ce que j'ai entendu ? Qu'on a trouvé le maire mort dans sa bagnole ce matin ?

– C'est vrai, dit Christophe.

– C'était lui ton mort, alors ?

– Eh oui.

– Alors tu perds ton boulot, Maman ?

– Quoi ? Mais non, voyons. On va choisir un autre maire et on continuera jusqu'aux prochaines élections.

– Il est mort de quoi ?

– Ben, pour l'instant on pense que c'est une crise cardiaque, dit Christophe. Il faut faire une autopsie pour en savoir plus.

David prit une banane dans le bol sur le bahut et l'éplucha avant de quitter la cuisine. On l'entendit monter l'escalier vers sa chambre.

– Les nouvelles vont vite, si même les lycéens sont au courant. Après tout, ils ne passent pas la journée aux Vans, commenta Christophe.

– Tu sais, à notre époque, les portables…

QUATRE

— Bien, dit Cédric Albanel, ajustant ses lunettes. On va commencer. Je vois que tout le monde est là.

Pour une fois, il ne manquait personne autour de la grande table ovale dans la salle du conseil. Les quelques chaises mises à la disposition du public avaient été prises d'assaut, et on avait dû en ajouter d'autres. La salle était comble, et on s'asseyait finalement là où on trouvait de la place. Christophe s'était perché sur une petite table, pas trop loin du centre d'activité, afin de pouvoir prendre une photo à la fin de l'élection.

— D'abord, je voudrais qu'on observe une minute de silence en mémoire d'Hugues Vidal, dit Albanel, se mettant debout.

Les grands fauteuils furent déplacés dans un raclement de pieds par les membres du conseil qui se mirent debout, une manœuvre qui n'était pas des plus simples, étant donné l'exigüité de la salle. Le public dut reculer rapidement pour éviter d'être heurté. Finalement le silence régna.

— Merci beaucoup, dit Albanel, se raclant la gorge, et s'asseyant après une minute qui parut bien courte. Nous sommes, bien entendu, tous choqués par son décès surtout dans des conditions qui restent à éclaircir. Sa disparition non seulement laisse un siège au conseil vacant mais nécessite de choisir un nouveau maire. D'abord donc, comme il est d'usage, le siège vacant revient au candidat suivant sur les listes en ce qui concerne le nombre de voix obtenu lors des élections. Je voudrais donc accueillir Jean-Claude Barre parmi nous. Le nombre de conseillers étant au complet, il y a lieu de procéder à l'élection du nouveau maire. Je laisse donc la place à Jacques Viole, notre doyen, qui va présider cette élection.

Jacques Viole se leva et se racla la gorge, ému de devoir prendre en charge la réunion.

— Y a-t-il des candidats ?

Sept personnes levèrent la main. Albanel, qui avait levé lui-même la main, était visiblement secoué par le nombre.

— Veuillez noter les noms, Mme Garcin, dit Jacques Viole. Cédric Albanel, Marc Faure, Bernard Desmadjian, Claude Balme, Jacques Martin, Elisabeth Garnier et Michel Lelong. Nous allons procéder au vote. Je demande à Madelina Motta, notre benjamine, de venir prendre place ici, avec moi, afin de dépouiller les bulletins.

La secrétaire de mairie distribua des petits papiers. Les membres du conseil se penchèrent dessus, écrivirent leur choix et replièrent les papiers qu'ils déposèrent dans la petite boîte qu'elle fit circuler.

Les deux conseillers désignés ouvrirent la boîte, sortirent les papiers, les comptèrent puis commencèrent à les lire. Garnier, Lelong et Martin reçurent une voix chacun. Albanel, Faure, Desmadjian et Balme arrivèrent ex aequo avec six voix chacun. Un soupire balaya la salle. On était parti pour une répétition du mois de mars.

— Soyons sérieux, s'il vous plaît, clama Albanel, fronçant les sourcils.

Au deuxième tour, Faure et Desmadjian arrivèrent en tête avec huit voix chacun, Albanel arrivant en troisième place avec six voix, Balme en recevant cinq. Albanel devint blême et eut du mal à cacher sa déception. Balme plissa ses lèvres de mécontentement. Au troisième tour, ce fut Desmadjian qui fut élu, à seize voix contre neuf et deux abstentions. Les uns se rappelèrent qu'il avait été parmi les favoris en mars. Son élection signifiait un changement de couleur à la tête de la commune, car il avait fait partie de la troisième liste.

— Merci pour votre confiance, dit-il, prenant place dans le fauteuil de maire. J'aurais bien sûr préféré devenir maire dans d'autres circonstances, et je tâcherai de continuer le travail commencé par Hugues. On va maintenant choisir les adjoints. Y a-t-il des candidats pour le poste de premier adjoint ?

Pauline leva la main lorsqu'on vint à choisir l'adjoint qui s'occupait du social. Elle croisa le regard de Christophe qui leva les sourcils et fit un petit sourire d'encouragement.

Vingt minutes plus tard les quatre adjoints se rangeaient à ses côtés. Cédric Albanel restait 1er adjoint, Marc Faure devint 2ème adjoint, Pauline Weetsen 3ème adjointe et Claude Balme 4ème adjoint.

Hm, pensa Christophe, Bernard ne va pas avoir la tâche facile dans son cercle immédiat, presque tous les adjoints sont de la deuxième liste. C'était plus équilibré la dernière fois, chaque liste avait été représentée.

Mais Elisabeth Garnier n'avait pas voulu se représenter comme adjointe, et manifestement les autres candidats n'avaient pas plu.

– Félicitations, ma chérie, dit-il tandis qu'ils descendaient les marches vers le rez-de-chaussée à la fin de la séance. Et me voilà l'époux de la 3ème adjointe au maire. Quel honneur !

– Idiot ! Mais tu sais que je vais avoir plus de réunions.

Christophe gémit de façon exagérée, et Pauline lui donna un coup de coude.

– C'est ma revanche. Tu es souvent parti pour tes reportages, après tout.

A la maison, Christophe s'installa devant son ordinateur, transféra ses photos et rédigea rapidement l'article qu'il envoya au journal, l'ayant prévenu de la réunion et ayant déjà réservé l'espace.

Maintenant, tout ce qu'il attendait c'était le résultat de l'autopsie et les commentaires des gendarmes, afin de faire un article en bonne et due forme sur le décès d'Hugues Vidal.

Mardi soir il estima que suffisamment de temps était passé et que les gendarmes avaient certainement quelques renseignements à lui donner. Le lendemain matin, il accompagna son fils au car qui allait l'emmener au lycée à Aubenas. Les deux fils Combe attendaient aussi à l'arrêt des cars, et discutaient avec la fille de Hervé Rousset et d'autres lycéens. Après quelques brèves salutations, il laissa les jeunes à leur conversation et poursuivit son chemin vers la gendarmerie de l'autre côté de la ville. Il était assez tôt, mais il savait qu'Hervé serait dans son bureau. Il lui avait envoyé un message disant qu'il viendrait. Le portail était fermé et il appuya sur la sonnette.

– Oui ?

– C'est moi, Christophe.

Un cliquetis indiqua que le portail était déverrouillé. Il entra et la porte du bâtiment s'ouvrit. Hervé lui fit signe de le suivre. Il l'emmena dans son bureau et s'assit et ouvrit un dossier.

– Ce sont les résultats de l'autopsie ? demanda Christophe.

– Oui. Hervé tourna les pages, son visage pensif. Le médecin légiste conclue à un suicide.

La mâchoire de Christophe tomba.

– Un suicide ? Pourquoi le médecin arrive-t-il à cette conclusion ?

– L'absence de toute blessure suspecte. Il s'est noyé, il y avait de l'eau dans les poumons ainsi que du produit lavant.

– Tu veux dire qu'il a baissé ses vitres et a mis la machine en route et s'est laissé noyer ? Ce n'est pas un peu sauvage comme système ? Et est-ce vraiment efficace ? Y a-t-il assez d'eau ?

– As-tu jamais regardé une de ces machines en fonction ? Réfléchis un instant, l'eau arrive des deux côtés et avec une sacrée pression. Donc avec toutes les vitres baissées tu prends tout dans la figure. Littéralement. Cela n'a pas dû être agréable.

Mais les analyses n'ont montré aucune substance toxique. Un peu d'alcool, c'est tout. Il ne s'est pas empoisonné. Donc il s'est noyé.

— J'arrive pas à croire que quelqu'un se tuerait de cette façon. Christophe se gratta la tête. S'il voulait se noyer, il n'avait qu'à se jeter dans le Chassezac. Tu en as informé Maryse ?

— Oui. Elle a du mal à le croire. Mais bon, d'après nos renseignements, cela ne se passait pas bien au sein du conseil, et la réunion informelle s'est passée au vitriol, paraît-il.

— Oui, peut-être, mais de là à vouloir se tuer à cause de ça, j'ai du mal à croire.

— C'était peut-être la goutte qui a fait déborder le vase.

— Et tu vas donc clore le dossier ?

— Oui. Notre travail est terminé. Mme Vidal va pouvoir enfin organiser l'enterrement.

— Non, je n'arrive pas à le croire, dit Christophe.

— Pourtant, au vu des faits, c'est la seule conclusion qui s'impose.

— Tu dis pour le médecin légiste. Et la section scientifique, alors ? Ils ont examiné le véhicule après tout, et ils ont fait a un tas de prélèvements, il me semble.

— Ils n'ont rien trouvé d'anormal. Des tas d'empreintes qu'ils ont passées dans les machines, mais cela n'a rien donné de suspect. La plupart appartenait à Vidal, bien sûr. Et puis, le lavage aura effacé beaucoup de choses.

Hervé Rousset ferma le dossier, se leva et alla le ranger parmi d'autres. Christophe le suivit des yeux, son esprit refusant toujours de croire ce qu'il venait d'entendre. Enfin, il se leva à son tour.

— Ben, merci, Hervé.

Christophe quitta la gendarmerie et descendit la route vers le rond-point et le centre commercial. Il se dirigea vers la station de lavage auto. Justement, il y avait un client. Il regarda la machine laver méticuleusement la voiture qu'elle tenait entre ses rouleaux en mouvement, et essaya d'imaginer ce que cela ferait si les vitres étaient baissées. D'accord, se dit-il, il y a pas mal de pression et de savon. Mais y a-t-il vraiment assez d'eau pour empêcher que quelqu'un puisse respirer, même avec difficulté, et est-ce vraiment possible qu'on s'y noie ?

Par réflexe il avait prit son appareil photo avec lui, et il le sortit et prit une série de clichés sous différents angles. Puis il quitta la station, longea le rond-point devant le magasin de bricolage et remonta vers la place principale et la Poste, puis tourna à droite pour rentrer chez lui. Pauline n'était plus là, bien sûr, et Tiphaine était déjà partie au collège. Il téléphona à sa femme et lui fit part de ce que Hervé lui avait dit. Elle réagit de la même façon que lui.

– Mais, je ne comprends pas, il n'était pas déprimé, il était plein d'enthousiasme pour ce qu'il faisait, même s'il rencontrait des difficultés. Et lui et Maryse n'avaient pas de problèmes, à ma connaissance. Mais c'est vrai qu'on ne peut pas vraiment connaître la vie privée des gens. En tout cas, moi qui fréquente des gens en dépression, je peux t'assurer qu'il ne présentait aucun des signes ! Et je ne peux pas croire que le comportement des membres du conseil ait pu le pousser à se tuer ! Pas à ce point quand même !

*

Il semblait qu'une bonne partie de la population des Vans était venue pour l'enterrement du maire. L'église ne put contenir tout le monde et la place et les rues avoisinantes étaient vite remplies, empêchant le passage de tout véhicule. A l'issue de la cérémonie, tout ce monde suivit le corbillard vers le cimetière, soit à pied, soit en voiture, créant un bouchon et remplissant rapidement le parking du cinéma. Après la bénédiction près de la tombe, la queue de ceux qui voulait exprimer leurs condoléances était tellement étendue que la famille passa un long moment à serrer des mains avant de pouvoir rentrer chez elle.

– Non, je ne comprends pas. Il n'était pas déprimé, répétait Maryse. C'est vrai que la quantité de travail qui l'attendait l'a surpris au début de son mandat, mais il s'y est attelé avec enthousiasme, et il commençait à maîtriser pas mal de dossiers. Et oui, il était peiné par le comportement des membres du conseil et cherchait à ramener un peu de calme, mais cela ne lui causait pas des nuits blanches. Et non, ajoutait-elle en ce qui concernait leur couple, son élection comme maire avait changé un peu leurs habitudes de vie, mais c'était dans l'ordre des choses. Elle ne voyait pas du tout ce qui aurait pu le pousser à commettre un tel acte.

A l'issu de l'enterrement les cafés se remplirent et les langues se délièrent. Christophe n'avait fait qu'un aller-retour et regagna sa classe, mais Pauline avait pris son après-midi, et se retrouva avec d'autres membres du conseil autour d'un verre sur la terrasse d'un des cafés sur la place Ollier.

– Hé bé, dit Édith Bazin tristement. Ça me fait tout drôle. Je ne peux pas m'empêcher de penser qu'on a été pour quelque chose dans ce qu'il a fait.

– Tu n'y penses pas sérieusement tout de même ? demanda Pierre Labalme.

– On n'a pas été gentil avec lui ce soir-là, avoue-le.

– Ecoute, s'il n'était pas capable de surmonter ce genre de réunion, alors il n'était pas fait pour être maire, dit Pierre.

– Je suis d'accord, opina Claude Balme. Mais, ceci dit, je n'ai jamais pensé que c'était lui le meilleur pour le poste.

– C'est un peu lâche de le descendre maintenant qu'il n'est plus, protesta Pauline.

– Non, je constate, c'est tout. Je dis ce que je pense. Tout comme je pense que Bernard n'est pas le bon choix maintenant.

– Ouais, bien sûr, dit Cédric Albanel sarcastiquement, tu penses que c'est toi le meilleur.

Claude Balme toisa l'autre. Et toi, dit-il doucement, tu penses la même chose de toi-même.

Les deux hommes se fixèrent comme s'ils se déclaraient la guerre. Elisabeth Garnier et Josette Creston poussèrent des soupirs de frustration.

– Et voilà pourquoi on ne va jamais pouvoir faire du bon travail ! s'exclama Josette. Punaise, mais vous êtes comme des petits enfants ! On n'est pas du même bord, tous, soit, mais on est là pour travailler pour le bien des Vans. Il faut oublier nos divisions mesquines de partis, ça n'a pas lieu d'être dans des villes de cette taille. On s'en fout de la politique. On est là pour faire fonctionner la ville. On voit assez de saletés là-haut à Paris, on n'a pas envie de ça ici !

– Bien dit, approuva Pauline. On vient d'enterrer Hugues. Ayez un peu de respect. On ne va pas quereller ici sur son successeur, qui a été élu de façon démocratique, je vous rappelle.

– Tu n'as pas à me donner des leçons, grommela Claude Balme.

Pauline se mit debout.

– Je vois. Dans ce cas, je te laisse à tes mesquineries. J'ai mieux à faire.

Elle quitta la terrasse et longea la place en direction de la Poste, puis se retourna au son de pas rapides derrière elle. Elisabeth Garnier la rattrapa.

– Pars pas comme ça, Pauline.

– Non, mais franchement... je suis bouleversée par ce qui est arrivé à Hugues, et je ne supporte pas les joutes de ces messieurs imbus d'eux-mêmes. C'est quand même une catastrophe. Quand je pense que quelque chose l'a poussé à se tuer, j'ai le ventre tout noué. Et je fais comme Edith, je n'arrête pas de penser qu'on a dû y être pour quelque chose. On a été méchant. Comme disait Maryse, il était enthousiaste, et tout ce qu'on faisait c'était lui mettre des bâtons dans les roues. A force, même s'il ne le montrait pas, ça a dû lui causer beaucoup de peine. Cela a dû le décourager.

– Mais si rapidement ? Tu sais, j'ai travaillé dans des conditions dures comme ça, et ce n'est pas tout de suite qu'on craque. On est capable de supporter beaucoup de choses pendant longtemps. Il savait que cela n'allait pas être facile, n'importe qui aurait pu le prévoir. Non, il a dû y avoir autre chose derrière, dont même Maryse n'était pas au courant. Et il a dû se passer quelque chose qui a agi comme un catalyseur. C'est souvent le cas, tu le sais bien, toi qui travailles avec des gens qui ont besoin d'aide.

– Oui. Pauline soupira. Tu as sûrement raison.

– Et peut-être ces messieurs se conduisent comme ça parce qu'ils sont choqués et ils ne veulent pas le montrer. C'est leur façon d'extérioriser. Tu verras, tout rentrera dans l'ordre. Et Bernard saura calmer les choses. Il n'a pas le même caractère que Hugues.

– Hugues était trop gentil. Il ne tapait pas assez du poing, c'est vrai.

– Oui, mais on n'en veut pas d'un qui tape trop non plus, n'est-ce pas, comme certains qu'on connaît risqueraient de faire.

Pauline fit un petit sourire, sachant à qui Elisabeth faisait allusion.

CINQ

Les quelques réunions de commissions qui suivirent se passèrent dans une ambiance feutrée. Le décès de Vidal planait sur tout, et même les grandes gueules évitaient de trop aviver les esprits. Ce petit temps de trêve permit à Bernard Desmadjian de se glisser dans son nouveau rôle de maire.

Desmadjian avait été dans les assurances avant de prendre sa retraite et il n'était pas un homme à se laisser impressionner par la multitude de dossiers qui attendaient son attention immédiate. Il délégua à ses adjoints une quantité importante de tâches. Pauline, qui était maintenant adjointe en charge des affaires sociales et scolaires, se retrouva submergée de choses à faire, et elle s'y plongea avec plaisir. C'était après tout son domaine de prédilection. Elle était souvent absente le soir. Christophe et les enfants organisèrent leur vie en conséquence, les enfants s'y mettant un peu à contre cœur tout de même. Christophe ne tarda plus autant à l'école. Il était reconnaissant du fait qu'il soit libre le mercredi et que le samedi matin ne soit plus vaqué depuis des années. Il pouvait ainsi s'occuper de tâches domestiques si Pauline devait remplir ses charges de conseillère.

Trois semaines après l'enterrement de Vidal, l'heure vint pour le Forum des Associations, un événement devenu annuel à cause du nombre d'associations et organisé par la municipalité en collaboration avec l'Office de Tourisme. Les Vans comptait maintenant 150 associations, un nombre énorme, toutes réclamant des subventions à la Mairie qui ne pouvait les satisfaire, son budget étant constamment sur une ligne de rasoir.

Le train de vie de la commune n'avait pas diminué. Elle continuait à se comporter comme une commune de 10 000 habitants, tout en n'ayant que le tiers, elle était toujours fortement endettée. Une politique radicale avait été adoptée deux ans auparavant en ce qui concernait toutes ces associations, et si elles voulaient recevoir une subvention quelconque, elles devaient dépenser. C'en était fini avec le temps des bas de laine de 5 000 euros dans les comptes d'épargne. Cette politique avait fait enrager plusieurs associations, mais la municipalité avait tenu ferme. Derrière les portes de la mairie, Bernard Desmadjian décida rapidement de serrer encore la vis lors du prochain budget, et préparait une annonce à cet effet pour la « Lettre Municipale » qui paraîtrait en novembre. Si les différentes réunions de commission se passaient relativement calmement, ce ne fut pas le cas pour sa première réunion du conseil municipal qui fut aussi houleuse que celles de Vidal. La différence était que Desmadjian frappa du poing sur la table et écourta toute discussion qui commençait à tourner en rond. Christophe se demanda pourquoi il n'avait pas agi de la sorte lorsqu'il était adjoint. A voir la tête de certains autour de la table, il n'était pas le seul à se poser la question. Et à voir la tête des autres, il était évident qu'ils se demandaient s'ils n'avaient pas fait une erreur en votant pour lui. Le seul point en sa faveur, aux yeux de Christophe et de la secrétaire de mairie, était le fait que la réunion se termina avant 23h et non après.

Les associations qui participaient au Forum étaient logées dans la salle sportive intercommunale. Lorsqu'on avait transféré le forum dans cette salle, il y avait eu de la place pour des démonstrations de diverses associations, mais au fur et à mesure des années, cet espace avait diminué et il ne leur restait plus qu'un petit carré. Elles se suivirent à une cadence bien orchestrée par le responsable de la salle. Certaines purent avoir lieu à l'extérieur, car la météo était clémente. Plusieurs membres du conseil municipal faisaient déjà partie d'associations, et étaient présents donc aussi en tant que participants. D'autres vinrent remplir leur rôle de conseiller, surtout s'ils étaient membres de commissions qui touchaient des domaines concernés par certaines des associations, tels que le social et l'humanitaire, la culture et l'art, et bien sûr le sport.

Pauline y passa toute la journée puisqu'elle travaillait pour une des associations exposantes et elle était de permanence à certaines heures. Le reste du temps, elle tourna en tant que conseillère municipale. Pour Christophe aussi, c'était une journée bien remplie, car s'il voulait faire un compte rendu complet il fallait voir un maximum de choses. Faire le tour des stands ne prit pas longtemps, mais il dût aussi voir les démonstrations. Il passa donc son temps entre la maison et la salle de sports. David et Tiphaine passèrent aussi un petit moment au forum, David en tant que spectateur et Tiphaine lors d'une démonstration de Wu Dao. Elle pratiquait cette discipline depuis l'arrivée de la famille dans la commune, et elle attendait avec impatience son 18ème anniversaire afin de passer ceinture noire. Entre-temps elle était une des élèves les plus doués de Patrick, son instructeur. David retrouva ses amis de lycée et le petit groupe s'éloigna rapidement vers le centre ville. Ils allaient certainement passer du temps au cybercafé sur la grande place, pensa Christophe avec une légère moue. Impossible de décoller la tête de certains jeunes des écrans d'ordinateurs et des jeux virtuels. Il existait même une association qui avait vu le jour, il y a trois ans, et qui rencontrait un beau succès. L'association avait un stand au forum, mais peu de membres avaient voulu tenir la permanence. David en faisait partie.

– Quoi, m'embêter toute la journée comme ça ? Non, merci, avait-il dit. Ça fait longtemps que j'ai dépassé ce que l'association offre. C'est toujours la même rengaine de toute façon, on ne fait que tourner en rond à cause des nouveaux. Je préfère être avec mes potes. La seule raison de rester dans l'assoce c'est pour bénéficier des tarifs pas chers au cybercafé. Sinon, je n'en vois pas tellement l'utilité.

– Tu ne tenais pas le même discours au début, rappela Pauline.

— Maman, j'étais plus jeune et j'apprenais des trucs. Et puis, j'aime pas le président. Il est vieux jeu. Il n'évolue pas.

Vieux jeu, pensa Pauline avec sarcasme. Effectivement. Il doit avoir 25, 30 ans.

Desmadjian passa presque toute la journée au Forum, y trouvant visiblement un grand plaisir. A la question sur ses impressions de la journée, il n'était pas avare de compliments.

— Vous savez, Monsieur Weetsen, c'est fou les choses qu'on voit quand on est élu. Je dois avouer que je n'ai jamais mis les pieds dans les autres forums. Je ne fais partie d'aucune association, j'admets, je profitais de ma retraite pour vraiment me détendre. Je suis venu aux Vans pour la qualité de son environnement. C'est plus méditerranéen ici qu'au nord du département, et moi j'étais dans la vallée du Rhône, ce n'est pas ce que j'appellerais rural. J'aime pêcher, j'aime marcher. On faisait beaucoup de marche pendant nos vacances, Isabelle et moi. On est tombé amoureux des Vans, comme beaucoup de gens de notre âge. Je n'aurais jamais imaginé qu'un jour je sois élu, et encore moins le maire.

— Qu'est-ce qui vous a décidé de tenter votre chance alors ?

— Oh, je ne sais pas. Peut-être une envie qu'on ne change pas trop de choses ici. Peut-être tout simplement le désir de donner quelque chose à cette ville qui a bien voulu nous accueillir. Non, je ne sais vraiment pas. Pourquoi les autres ont-ils voulu être sur le conseil ?

— Et maintenant que vous avez vu le Forum, qu'en pensez-vous ?

— Stupéfiant, toutes ces associations. Toute la diversité qu'on peut trouver dans une si petite ville. Il y a vraiment quelque chose pour tous les goûts. Chapeau aux organisateurs. L'OT a travaillé dur, vous savez. Quant aux stands et aux démonstrations, c'est de la qualité. Cela donne envie de devenir membre.

Christophe sourit.

– Je pense que c'est le but.

Desmadjian rit.

– Oui, maintenant je sais comment je peux occuper mon temps lorsque je ne serai plus maire. Ma femme est aussi impressionnée que moi. Elle fait déjà du yoga, mais je pense qu'elle va s'inscrire à d'autres activités.

– Et maintenant que vous voyez les associations en action, allez-vous changer votre politique concernant les subventions ?

Desmadjian jeta à Christophe un regard oblique.

– Non, pas du tout. J'ai bien étudié les bilans et les comptes. Il y a des associations qui n'ont pas du tout besoin d'aide financière. Elles s'autofinancent très bien, surtout celles dont le but principal est de fournir des distractions à leurs membres, distractions qui sont payantes en plus. Ce qu'elles dépensent d'une main, elles le recoupent de l'autre. Par contre, il y en a qui n'ont pas du tout les mêmes objectifs. L'espace muséal nous pose toujours un énorme problème financier, par exemple, tout comme le centre de documentation. Je sais que la politique que suit le conseil depuis quelques années n'est pas pour plaire à tout le monde. Mais je crains qu'il ne faille encore élaguer cette partie du budget. Vous n'allez pas mettre cela dans votre article, dites ?

– Non, non, je posais la question comme ça. Vous savez, je suis au courant de beaucoup de choses, mais tout ne paraît pas dans le journal. Et aujourd'hui, j'écris sur le forum, c'est tout.

– Ah, j'espère bien. Bon, si vous voulez bien m'excuser, je voudrais aller voir comment ils font de l'escalade dans une salle.

Christophe regarda la forme longiligne du maire partir vers la salle de l'escalade installée derrière l'ancien dojo, et se demanda ce qui avait poussé les membres du conseil à choisir comme maire, quelqu'un qui avait participé si peu à la vie du bourg. En fait, ce qu'il venait d'apprendre, le surprenait et il chercha, dans sa mémoire, les informations données lors des réunions pendant la campagne. Comme quoi ce que les candidats racontaient et l'image qu'ils offraient d'eux-mêmes ne reflétaient pas nécessairement la réalité. Pourtant, il avait récolté beaucoup de voix, talonnant Vidal et Albanel qui partaient gagnants.

Le maire disparut et Christophe tourna son attention à ce qui se passait autour de lui.

A l'extérieur au-dessus de l'entrée de la salle des sports, les sapeurs-pompiers avaient arrimé du matériel pour une démonstration de sauvetage par le toit qui devait avoir lieu pendant l'après-midi. Christophe savait que la démonstration serait un des clous de la journée. Près de l'entrée, on avait installé un marabout où on pouvait se restaurer. Thé, café, chocolat, vins du pays, petits pains, sandwichs, quiches et pizzas garnissaient la table. Il se rendit à la tente et goûta aux diverses victuailles.

– Attention, charia Pauline qui passait juste au moment où il acceptait un gobelet de vin. Tu vas prendre tes photos de travers !

– Ha ha, dit-il. Il regarda autour de lui. Je vois qu'on apprécie toujours les produits du terroir.

– Tu parles. Il y en a qui boivent pas mal, je ne m'en étais pas rendu compte avant.

– De qui tu parles ?

– Mes collègues conseillers. A commencer par le maire lui-même. Le nombre de verres qu'il a bu est impressionnant.

– Ah bon ? Je viens de lui parler, il n'avait pas l'air d'avoir trop bu.

– Peut-être pas, mais il y passe fréquemment, et allez hop ! un verre à chaque passage.

– Ah bon. Comment peux-tu savoir, tu es sur ton stand.

– Parce qu'il se promène avec le verre à la main.

– C'est peut-être le même verre.

– Certes, mais la couleur du liquide change.

– Zut, il n'est pas la perfection incarnée alors. Tes illusions sont toutes brisées.

– Idiot ! Pauline lui planta une bise sur la joue et se dirigea vers l'intérieur de la salle. Christophe termina son gobelet, tout en appréciant la qualité de ce petit vin de pays.

Mais finalement, ce n'était pas la démonstration par les pompiers qui s'avéra être le clou de la journée.

Le forum se clôtura par quelques discours de la part d'élus représentant la municipalité et le département (on continuait à parler du département, même si officiellement il avait été avalé par la région) réunis sous le marabout et entourés de membres divers des organismes qui avaient collaboré à son organisation.

Après avoir rendu hommage à Hugues Vidal qui n'avait pu voir les résultats de sa participation à l'organisation de la manifestation, Bernard Desmadjian remercia les uns et les autres, content du succès qui témoignait du dynamisme de la commune, donna quelques chiffres quant à la fréquentation pendant la journée, et félicita les participants pour la qualité de leurs stands et des démonstrations. A son tour le président de l'office de tourisme remercia les associations qui avaient tenu des stands, la municipalité pour sa participation, et fit le tour brièvement de ce que pouvait offrir l'office aux habitants de la commune. Le conseiller général remercia également les uns et les autres et parla du rôle de la région dans la vie des communes, rôle qu'elle avait d'autant plus de difficulté à remplir qu'elle était sous la pression aiguë d'un désengagement de plus en plus critique de l'Etat. Les gens autour commencèrent à s'agiter, car ils avaient déjà entendu tous ces propos à divers moments depuis quelques années.

Christophe prit des notes sommaires, n'écrivant que des éléments significatifs et surtout neufs. De toute façon, il avait demandé un espace pour un reportage photo. Avec soulagement, il entendit le maire inviter ceux encore présents à partager le verre de l'amitié, et il s'éloigna afin de retourner dans la salle pour aider son épouse à remballer ses affaires, évitant la ruée vers les carrés de quiche et pizza fraîchement livrés par le traiteur. Les verres commencèrent à se remplir de vin, de kir et de jus de fruit. Les discussions allèrent bon train et le marabout ne fut plus qu'un brouhaha indistinct. Personne n'entendit donc une voix se lever à l'extérieur, ni le raclement de l'échafaudage qui avait servi au maintien du matériel des sapeurs pompiers et qui s'était détaché de son support et se désintégrait, menaçant de chuter sur le marabout juste en dessous.

Les premiers indices qu'une catastrophe se produisait vinrent lorsque la tuyauterie atterrit sur le marabout, déchirant la toile et faisant plier les supports. La ruée fut maintenant vers l'extérieur, mais la moitié seulement des personnes réussirent à échapper à l'effondrement de la tente. Christophe se retourna prestement au bruit et après un instant de choc, sortit rapidement son appareil photo et fixa l'événement sur la carte mémoire.

Cette fois, ce n'était plus une démonstration de la part des sapeurs pompiers, mais une vraie intervention.

Christophe entra rapidement dans la salle des sports à la recherche de Pauline.

– Ah, non, dit un bénévole qui était en train de mettre les derniers objets dans un carton. Elle est ressortie il y a un moment. Elle voulait parler à quelqu'un. J'ai entendu un bruit, là, c'était quoi ?

Christophe courut vers la sortie sans répondre.

Qu'elle ne soit pas sous la tente !

Les pompiers avaient établi un périmètre empêchant de passer et dégagé les débris de l'échafaudage, et enlevaient la toile déchiquetée du marabout révélant des blessés et des personnes indemnes, mais sous le choc, au milieu des tables disloquées. Christophe fit le tour en courant et vit Pauline qui se relevait tant bien que mal. Il poussa un soupir de soulagement. Une voiture arriva en trombe. L'un des médecins du bourg en descendit rapidement et vint s'occuper des victimes. Christophe prit quelques photos en attendant de pouvoir s'approcher de Pauline.

Après quelques soins, Bernard Desmadjian arriva en titubant. Il vit Christophe et vint vers lui.

– Mon Dieu, ça aurait pu être catastrophique, dit-il, se frottant la tête avec une main qui tremblait légèrement. Quand je pense qu'on était en dessous ! Je vais avoir une bosse à la tête.

Il regarda l'enchevêtrement de tuyaux puis le toit de la salle de sports.

– Ils ne savent pas trop comment c'est arrivé, mais je pense que je vais éliminer cette activité l'an prochain. On ne peut plus courir le risque.

– C'est la première fois que cela arrive, dit Christophe tout en gardant un œil sur Pauline qu'on faisait asseoir sur une chaise. Et on peut avoir des accidents avec n'importe quelle activité.

– Mouais. Heureusement qu'il n'y a pas de réunion du conseil avant un mois. Ça aurait été une photo d'éclopés pour illustrer votre compte rendu !

– Personne n'est sérieusement blessé ? Christophe voyait que le médecin s'occupait maintenant de Pauline.

– Non, Dieu merci. Ah, Claude, Desmadjian se tourna vers le sapeur pompier qui s'approchait de lui. Heureusement que vous étiez déjà dans les parages.

Claude Balme hocha la tête. Je suis monté sur le toit, dit-il. C'est une des cordes qui retenaient un côté qui a lâché. Du coup, l'échafaudage s'est mis à pencher. Le poids a fait sauter d'autres cordes et l'ensemble a glissé. Il faudrait changer d'endroit l'an prochain.

– Je pensais éliminer l'activité plutôt.

– Ce serait dommage, c'est très populaire, ça attire beaucoup de gens. Non, on se penchera sur la question pour l'année prochaine.

– Très utile d'avoir un conseiller municipal qui est sapeur pompier, murmura Desmadjian lorsque Balme les quitta.

Christophe vit Pauline se lever de sa chaise.

– Bon, je vous laisse, dit-il à Desmadjian. Je vais m'occuper de ma femme.

– Maman ! Maman ! Il se retourna au son de la voix paniquée de Tiphaine.

Sa fille traversait la route, venant du centre d'accueil où elle s'était réunie sur l'herbe avec quelques amis, après s'être changée de ses vêtements de Wu Dao.

– Ça va, Tiphaine, dit-il, elle va bien, regarde, elle n'a que des égratignures, on dirait. Viens, on va aller la chercher et rentrer à la maison.

Christophe et Tiphaine se frayèrent un chemin vers Pauline qui regardait les dégâts.

– Mon Dieu ! dit-elle d'une voix mal assurée. Qu'est-ce que j'ai eu peur ! Je me sens toute patraque.

Elle fit un pas en avant puis s'affala sur la chaise.

– Bon, écoute, je vais aller chercher la voiture, chérie, dit Christophe. Ne bouge pas. Reste avec ta mère, Tiphaine.

– Mais, Papa, ça va prendre des lustres ! protesta sa fille, car la voiture était restée à la maison.

– Ça prendra le temps que ça prendra, mais ta mère n'est pas en état de faire la route à pied, alors tu restes avec elle.

En quittant l'enceinte, il tomba nez à nez avec Marc Faure qui surveillait les événements et qui avait entendu ses propos.

– Vous avez laissé votre voiture où, Monsieur Weetsen ?

– A la maison, comme d'habitude.

– Je vois. C'est très bien toute cette politique visant à réduire l'utilisation de la voiture, mais il y a des moments où elle serait plus utile avec nous qu'au garage. Je vais chercher la mienne, j'habite tout près et je vous ramène chez vous.

– Non, vraiment, c'est gentil, mais je ne voudrais pas……

– Pauline est trop choquée pour faire toute la route à pied. J'en ai pour cinq minutes seulement, mais vous, vous allez en avoir pour une demi-heure au moins. J'insiste. De toute façon, je vois que vous n'êtes pas les seuls dans cette situation. On va être plusieurs à nous transformer en taxi. Attendez-moi ici.

Avant que Christophe puisse dire un mot de plus, le 2ème adjoint le quitta et se mit à courir en direction de la Barre où il habitait.

– Marc Faure propose de nous conduire chez nous, dit-il revenant vers Pauline. Il part chercher sa voiture. Ma foi, mais il court vite pour son âge.

– Son âge, chéri ? dit Pauline avec un petit sourire, malgré sa fébrilité. Il n'est pas beaucoup plus âgé que toi. Mais lui c'est un sportif. Dans sa jeunesse il a couru dans des championnats départementaux d'athlétisme, tu sais. Et il fait beaucoup de tennis, donc je suppose qu'il garde sa forme.

— Moi, je garde ma forme en montant et descendant les escaliers des dizaines de fois par jour, dit Christophe. Je ne sens pas le besoin de faire d'autres sports !

Pauline donna encore un petit sourire, et Christophe était content que ses paroles aient l'effet voulu. La main de sa femme tremblait toujours dans la sienne.

Une voiture vert foncé arriva en trombe près d'eux et Marc Faure en descendit.

— Ben, dis donc, il conduit comme il court, commenta Tiphaine.

— Allez, montez, tout le monde, dit Marc venant donner sa main à Pauline.

— C'est vraiment gentil de ta part, Marc, dit Pauline. Il ne fallait pas. Je suis sûre qu'après quelques minutes…

— Pas question. Monte.

*

Le lendemain, pendant qu'ils attendaient le car qui les emmenait à Aubenas, Florian Combe et son frère Thomas, en 2nde au même lycée, discutèrent avec David de l'événement. Ils furent rapidement rejoints par Marine Rousset, la fille du chef de la gendarmerie, qui fréquentait un autre lycée à Aubenas, et qui voulut savoir tous les détails.

— Je ne l'ai su que lorsqu'ils sont revenus, dit David, faisant référence à ses parents. J'avais passé l'après-midi avec des amis au cyber avant de rentrer et je chattais avec les Courroux. C'est Faure qui les a pris dans sa voiture, j'ai pas percuté avant d'entendre leurs voix que c'était eux. Maman était toute blanche, ça faisait bizarre de voir. Tiphaine m'a tout raconté.

— On a frôlé la cata, ajouta Florian. Pourtant, lors de notre démo tout était en place, du moins c'est ce qui me semblait.

J'étais là-haut, après tout. Ça me fout les boules de penser que ça aurait pu tomber quand on y était. Avec tout notre matériel, ça aurait été un sacré poids en plus qui serait tombé sur les gens en bas. Mon père et les autres ont passé du temps pour essayer de savoir ce qui a pu se passer.

— Et ? demanda Marine.

— Ben j'en sais rien. Ils vont réexaminer tout l'équipement aujourd'hui. Vous vous rendez compte, ça aurait pu tuer le maire.

— Le maire, je m'en fous, dit David. Ma mère à moi était dessous. Ça aurait pu la tuer, elle ! Ça m'a foutu la frousse toute la nuit, rien qu'à y penser.

Marine posa sa main sur son bras en guise de réconfort. David lui jeta un regard pour la remercier. Cela faisait maintenant trois ans qu'ils se connaissaient, depuis l'arrivée des Rousset aux Vans. David l'avait trouvée très jolie dès la première fois qu'il l'avait vue, mais à 15 ans on n'a pas toujours le physique qu'il faut pour espérer sortir avec une fille. Maintenant, à presque 18 ans, les choses avaient beaucoup changé, et il savait que son apparence physique plaisait aux filles. Il avait hérité des cheveux légèrement bouclés de son père, mais en châtain foncé, et ses yeux bleu-gris changeaient de nuance selon la lumière. Il cultivait aussi une toute petite ombre de moustache sur sa lèvre supérieure, et ignorait les remarques sarcastiques de sa sœur. Marine était toujours aussi magnifique à ses yeux, et il y avait quelque chose dans sa façon d'être qui lui disait qu'il ne lui était pas indifférent non plus. Tout ce qu'il lui restait à faire, c'était oser lui demander de sortir avec lui avant que quelqu'un d'autre ne la lui enlève, comme Florian par exemple – quoique pour l'instant Florian ne semblait pas trop regarder dans sa direction.

— On va encore être dans le journal, dit Thomas avec un sourire. J'ai vu ton père prendre des photos. J'sais pas comment il a fait pour rester si calme.

— Il ne savait pas que Maman était dessous. Il pensait qu'elle était dans la salle en train de ranger ses affaires.

Il n'ajouta pas que si sa mère avait été toute blanche, son père avait pris un teint gris pendant une bonne partie de la soirée, révélant combien il avait eu peur. David s'était rendu compte en voyant leur comportement que ses parents partageaient un amour encore profond, malgré les années passées ensemble.

— Ah, voilà Stéphanie qui arrive tout juste, dit Florian. Un de ces jours elle va rater le car.

David haussa les épaules. Il n'aimait pas trop Stéphanie Balme. Elle était en Terminale comme lui mais elle était brillante élève, et à son avis, elle l'étalait un peu trop. Mais parfois elle pouvait être utile lorsqu'il s'agissait de matières dans lesquelles il ne brillait pas, et un point en sa faveur était qu'elle répondait toujours à un appel à l'aide.

Le bus arriva et les jeunes montèrent et s'installèrent au fond. Une dizaine de minutes plus tard le car s'arrêta à Joyeuse. Les jumeaux Courroux montèrent avec d'autres lycéens. Ils se frayèrent un chemin vers le fond pour s'asseoir avec les Vanséens. Ils eurent à peine posé leurs fesses et leurs sacs que Thomas Combe leur raconta ce qui s'était passé la veille.

— C'est pour ça que t'as déconnecté si vite alors, dit Corentin à David qui opina de la tête.

— Ben, dites donc, ça vaut la peine de venir aux Vans des fois ! dit Cédric. Dommage qu'on n'a pas su !

— Comme si on peut planifier quelque chose comme ça ! grimaça David. C'était pas un scénario de film.

Parfois il trouvait l'humour des jumeaux un peu enfantin. Ils étaient tellement plongés dans leur monde d'inventions qu'il leur manquait un sens des réalités. Tout en regardant défiler les paysages il les écouta maintenant échafauder des mises en scènes. Pour une fois, il n'avait pas envie de participer. L'événement d'hier l'avait tout à coup fait prendre conscience de la fragilité de certaines choses.

SIX

Le mois d'octobre apporta en son sillage les pluies cévenoles et les trombes d'eau transformèrent les routes en de véritables pièges pour les automobilistes. Les ruisseaux secs en été devinrent des torrents rageurs qui dévalèrent les pentes du Serre de Barre, remplissant le Bourdaric et le Chassezac jusqu'à ce que ce dernier quitte son lit et noie les rivages. D'autres petites rivières calmes en été, comme la Sûre, sortirent aussi de leur lit. Les routes furent coupées à plusieurs endroits autour de la commune non seulement par la chute de blocs de pierres et de végétation entraînée par le glissement de la terre trempée, mais aussi par la destruction du goudron soulevé par la force de l'eau. A un moment donné aux Vans, on craignait de voir la place Ollier sous l'eau, car les caniveaux ne purent plus tout évacuer et les souterrains refluaient le trop plein. D'après les uns et les autres, une telle situation n'avait pas été connue depuis plus de 20 ans. Comme en 2008, la dernière année où les pluies avaient été si abondantes, la commune avoisinante de Berrias connut des endroits sous l'eau et des routes coupées. La Claysse à Saint-Paul-le-Jeune montra aussi ses dents et malgré les leçons de 2008, l'eau envahit de nouveau la salle des fêtes, menaçant la médiathèque qui la jouxtait et emportant encore une fois le mur en face.

Christophe prit de belles photos et envoya plusieurs articles au journal. Les lycéens bénéficièrent de quelques jours de vacances imprévues à cause de routes bloquées et l'arrêt des transports, à la grande joie de David. Tiphaine, quant à elle, n'eut pas une telle chance. Le collège aux Vans resta ouvert, malgré un effectif réduit.

Le seul nuage sur l'horizon, à part ceux apportant la pluie, concernait le rallye du Vivarais, prévu fin octobre au début des vacances de la Toussaint. David gardait donc un œil inquiet sur la météo, car pour la première fois il allait participer à l'événement comme co-équipier. Non seulement mordu d'ordinateurs, il était aussi un fan de tout ce qui avait deux ou quatre roues. En ces années de discours sur le réchauffement planétaire, c'était une passion qui suscitait des polémiques. Mais personne n'osait annuler pour de bon ce rallye qui rassemblait un nombre impressionnant de participants et faisait tant de bien pour l'économie locale clôturant pour ainsi dire la saison touristique, même s'il se trouvait maintenant réduit à une journée. Et malgré de nombreuses manifestations anti-rallye, il passait toujours par le Bois de Païolive.

Il y eut des discussions houleuses parmi les conseillers municipaux, entre ceux qui étaient pour et ceux qui étaient contre cette manifestation. Une majorité voulait l'interdire tout simplement, mais Bernard Desmadjian avait ses yeux sur l'économie du bourg et penchait du côté des commerçants. Si on l'annulait, dit-il, il faudrait trouver un autre événement qui rapporterait autant d'argent à la commune. Et tout de suite. Toute suggestion était la bienvenue. Il attendit, mais aucune ne vint.

– Pas si facile que ça, hein ? murmura-t-il. Bien, on le maintient.

Christophe ne put réprimer un sourire devant l'expression de certains conseillers. Comme dans tant d'associations, il était tellement facile de dire « yaka », mais lorsqu'il fallait passer à l'action, il n'y avait plus personne. Il était content de ne pas avoir à prendre une décision sur cette question, car s'il voyait les arguments des écologistes, il était également conscient que le maintien de l'économie du bourg était primordial. Pauline était aussi indécise que lui.

– Peut-être la pluie va continuer et nous enlever l'épine de façon naturelle, lui dit-elle.

Mais enfin la pluie cessa et tout commença à sécher lentement. Le matin de la course se leva nuageux, mais toujours sec. Il y aurait encore de la boue sur les routes, mais rien qui pourrait entraver le rallye. Après tout il ne passait pas sur les routes fortement endommagées.

Le bourdonnement des véhicules couvrait la ville, le marché hebdomadaire avait dû se réfugier le long de la route et sur la place Thibon, la place Ollier étant convertie en parking fermé pour les voitures participant au rallye. La route devant la salle des sports était remplie de voitures venant au point de contrôle technique. Dès 8 h, le top fut donné pour quitter le parking fermé pour les premiers tours. Les badauds n'étaient pas encore très nombreux en ce samedi matin, du moins en centre ville. On les trouvait plutôt rassemblés à divers endroits clés le long du parcours. Christophe et Pauline allèrent regarder David partir, et Christophe prit quelques photos du départ, faisant un signe à son fils qui arborait fièrement les couleurs de l'écurie Sud 07. Puis ils firent les courses au marché et rentrèrent à la maison.

– Tu accompagnes toujours le maire cette après-midi ? demanda Christophe à Pauline après avoir jeté un œil à son agenda.

Le maire devait se rendre à l'inauguration de la nouvelle école réunissant les enfants du groupement scolaire Saint-Paul-le-Jeune et Banne. Le projet de cette école datait de quelques années, concernant d'abord uniquement l'école de Banne, mais le Pays d'Ardèche méridionale avait ensuite exigé que le groupement soit réuni physiquement afin de pouvoir octroyer un maximum de subventions. Mais malgré les obtentions de subventions les deux communes avaient rencontré des problèmes au niveau du terrain, les propriétaires se rétractant au dernier moment et obligeant les maires à chercher un nouvel emplacement. Tout comme l'avait été la reconstruction du collège des Vans, la construction d'une nouvelle école était un événement important dans la vie de la région, et la municipalité du chef-lieu du canton se devait d'être représentée convenablement. Le maire avait donc invité plusieurs conseillers à faire le déplacement avec lui. C'était malheureux que l'inauguration tombe le même jour que le Rallye, mais les maires de Banne et de Saint-Paul n'avaient pas voulu éloigner encore plus l'événement de la Rentrée. Ils avaient espéré pouvoir le faire en septembre, mais les travaux avaient pris un tel retard que le bâtiment n'avait pas été prêt à temps. Les enfants avaient donc déménagé juste avant les vacances de la Toussaint.

— Oui, en tant que présidente de la commission des affaires scolaires, ce serait mal vu si je n'y allais pas, répondit Pauline. Elisabeth vient c'est sûr, et je pense que les deux Jacques vont venir aussi, peut-être Marc. Cédric n'est pas disponible et Claude est avec les pompiers. On prendra deux voitures.

— Il y a la remise des prix du rallye vers 17 h.

— Oh, on sera de retour pour cela. C'est à 14 h 30 quand même. Et de toute façon, quand as-tu vu une remise des prix qui commence à l'heure ?

— Et quand as-tu vu une inauguration commencer à l'heure, hein ?

— Très drôle. Et puis ils sont obligés d'attendre Bernard au Rallye ; c'est lui qui remet les prix.

— Bon alors, Tiphaine, tu viens voir un peu le rallye avec moi ?

— Tu rigoles ? Je sors avec mes copines, marmonna Tiphaine de derrière sa musique. Le rallye, on s'en fout.

— Tu as fait tes devoirs ?

— Mais oui, t'inquiètes. Y avait pas grand-chose.

Christophe et Pauline se regardèrent. Leurs enfants n'avaient pas le goût des études et semblaient vivre dans deux petits mondes qui n'avaient rien à voir avec la réalité.

L'heure venue, Christophe déposa Pauline sur la place Ollier et partit en direction du Bois de Païolive, afin de prendre des photos des voitures qui le traversaient. D'un point de vue personnel, il voulait aussi prendre des photos de son fils. Il quitta Les Vans et monta la route serpentant vers le plateau. Il remarqua en passant que le nouveau propriétaire de l'ancienne maison Lhomme commençait à mettre des clôtures. Il fut un temps où on avait voulu transformer le bâtiment en une « maison du terroir », un local pour informer sur l'Espace Naturel Sensible « Bois de Païolive et Gorges du Chassezac » et valoriser les produits du terroir, mais ce projet n'avait jamais vu le jour pour diverses raisons.

Quelques centaines de mètres plus loin, il tourna à gauche et essaya de trouver une place pour se garer. Il avait placé son enseigne de correspondant de presse contre le pare-brise, dans l'espoir que les gens qui géraient cette question sensible lui accorderaient une certaine priorité. Peine perdue. Il finit par reprendre la route départementale et se garer le plus rapidement possible. Il se mit derrière d'autres voitures dans en endroit qui n'était pas des meilleurs, et mit son enseigne bien en vue au cas où quelqu'un viendrait contrôler.

Il rebroussa chemin, content d'avoir mis des baskets, car le sol n'était pas tout à fait sec par endroits et il s'enfonçait dans la boue sur l'accotement. Il longea la route qui traversait le bois, se faufilant entre les spectateurs, à la recherche d'une bonne place pour prendre des photos parlantes. Il finit par se planter en face de la sortie du parking de l'Ours et du lion.

Il n'eut pas à attendre longtemps, les voitures passèrent à des intervalles réguliers, et il put les photographier venant de face ou sur le côté quand elles passaient. A un moment donné un des organisateurs, qu'il ne connaissait pas, vint lui demander ce qu'il faisait à se balader constamment d'un côté de la route à l'autre, et il lui montra sa carte de presse. On le laissa ensuite tranquille.

Enfin la voiture de David arriva. Ayant répété ses prises sur plusieurs véhicules, Christophe put aligner les photos de son fils de manière satisfaisante. Il était sûr qu'il avait réussi la plupart. Capter des événements où tout est mouvement n'était toujours pas chose facile ou réussie lorsqu'on n'avait pas un équipement professionnel, même avec les appareils modernes tellement plus perfectionnés que ceux du passé.

Il resta quelque temps car l'équipe favorite n'était pas loin. D'après les commentaires, elle était bien placée pour remporter le Rallye encore une fois. Il photographia la voiture qui passa devant son nez dans un hurlement de turbos, puis retourna tranquillement à son propre véhicule. En regardant sa montre, il vit qu'il y avait passé une bonne partie de l'après-midi.

Il se demanda si le temps avait passé aussi rapidement pour Pauline.

*

Le terrain choisi pour la nouvelle école était situé à mi-chemin entre Banne et Saint-Paul, afin de ne pas créer des polémiques. L'école se trouvait donc dans un cadre forestier très agréable. Les voitures des personnalités et de la population se garèrent tout au long de la petite route comme les grains d'un chapelet. La route montrait encore des signes des fortes pluies des semaines précédentes.

Heureusement qu'il ne pleut plus, pensa Pauline, longeant la route à la suite de ses collègues. On pataugerait dans la boue.

L'inauguration eut un petit retard puisqu'il fallait attendre l'arrivée du sous-préfet et du conseiller général. Si le deuxième arriva assez rapidement, le premier se fit prier. Puis, il y eut d'abord une visite de l'école et la rencontre avec les instituteurs. La visite s'éternisa étant donné le nombre de personnes présentes, mais enfin on prit place derrière les micros sous le préau.

Deux élèves présentèrent sur un coussin les ciseaux au sous-préfet qui coupa le ruban tendu devant la porte. Puis suivit un petit moment de détente, pendant lequel il coupa des petits morceaux du ruban qu'il distribua à droite et à gauche. Le maire ouvrit son discours en rendant hommage à son prédécesseur qui était à l'origine du projet, avant de détailler en long et en large la longue route vers sa réalisation. Suivirent les discours des autres personnalités présentes, dont l'inspecteur d'académie qui nota l'importance de cette nouvelle école à une époque où l'on craignait toujours pour l'avenir de l'éducation nationale. L'heure tournait, et Pauline regarda plusieurs fois sa montre. Desmadjian ne montrait aucun signe d'impatience, mais du coin de l'œil elle vit Elisabeth commencer à s'agiter. Jacques Martin et Jacques Viole regardaient leurs pieds. Marc Faure se balançait d'un pied à l'autre. Le sous-préfet, dernier à parler, mit enfin le point final à son discours et le maire invita tout le monde à partager le verre de l'amitié.

– Il ne faudrait pas trop tarder, murmura Marc Faure à Desmadjian qui se frayait un chemin vers les tables. Il est déjà 16 h 30.

– Ça va aller, répondit ce dernier. Je vais quand même prendre un verre, écouter tous ces discours m'a donné soif. De toute façon la remise des prix du Rallye ne va pas se faire sans moi.

Pauline soupira et alla se servir. Il avait raison après tout, autant profiter des mets qui avaient l'air délicieux. En guise d'un verre, Desmadjian en descendit plusieurs rapidement et Pauline décida de revenir dans la voiture de Jacques Viole qui ne buvait jamais beaucoup. Après quelques longues minutes d'échanges de mondanités, Desmadjian fit ses adieux et quitta l'assemblée. Ses élus le suivirent. Jacques Martin monta avec Pauline dans la voiture de Viole, Elisabeth Garnier et Marc

Faure montant avec le maire qui démarra en trombe à peine les portières fermées. Jacques Viole suivit plus calmement.

— Jolie petite école, commenta Jacques Martin. J'ai vu que ton fils faisait le Rallye, Pauline.

— Oui, c'est pour cela que je voudrais être là pour la remise des prix. Je me demande où il est dans le classement.

— Ne t'inquiète pas, on y sera à temps. De toute façon, ça ne va pas commencer tant que Bernard n'est pas là.

— A la vitesse où il va, il arrivera bien avant nous, dit Viole. Il fallait monter avec lui.

— Non merci. Tu n'as pas vu le nombre de verres qu'il a bus ? J'ai pas confiance.

— Ben, pour l'instant, ça a l'air d'aller. Il boit pas mal, j'admets, mais il sait tenir son alcool. Ah, on arrive à la route, on va pouvoir aller plus vite.

La voiture de Desmadjian accéléra également et bientôt les deux véhicules filaient rapidement vers Les Vans, prenant les virages de façon serrée. Desmadjian élargit la distance entre eux et fut bientôt hors de vue. Viole le rattrapa sur la descente après la Chapelette, car il fallait ralentir sérieusement. Déjà en temps normal, on ne pouvait pas rouler à très haute vitesse à cause des virages et du bitume qui avait tendance à se désagréger rapidement dû à un accotement relativement instable, mais la route avait beaucoup souffert des intempéries récentes et portait aussi les traces de boue séchée. Les deux véhicules passèrent le dernier virage à La Barre et ralentirent à l'approche du rond-point. Jacques Viole freina brutalement en voyant la voiture de Desmadjian se porter plusieurs fois de droite à gauche.

— Mais qu'est-ce qu'il fait ?

— Il va trop vite, dit Jacques Martin.

Les feux de frein du véhicule devant étaient allumés en permanence, mais il ne semblait pas ralentir. Il donnait l'impression de slalomer puis il passa le rondpoint et alla tout droit s'encastrer dans le panneau de signalisation routière en face. Les supports plièrent sous la violence du choc et le panneau s'écrasa sur le toit de la voiture.

– Mon Dieu ! Non !

Jacques Viole arrêta brutalement son véhicule à la hauteur de celui de Desmadjian. Jacques Martin sortait déjà son portable et faisait le 18, tandis que Pauline appelait fébrilement Christophe. Ils descendirent rapidement de la voiture et se précipitèrent vers l'autre. Le choc avait été brutal, et le bloc moteur avait reculé pour envahir l'habitacle écrasant Desmadjian et Faure et repoussant leurs sièges. Elisabeth Garnier était prisonnière à l'arrière, inconsciente, la tête ensanglantée coincée sous un pan du toit plié sous l'impact du panneau.

– Ah, non, non ! hurla Pauline. Elle essaya d'ouvrir une portière.

– Arrête, Pauline ! Jacques Viole tenta de l'éloigner.

Jacques Martin avait enfilé le gilet de Viole et placé le triangle sur la chaussée, et il faisait des gestes afin d'avertir les voitures qui arrivaient. Presque aussitôt on entendit l'approche du véhicule des pompiers, la caserne ne se trouvant qu'à quelques dizaines de mètres. L'endroit fut rapidement rempli du matériel de secours, sans parler des spectateurs. Viole réussit à éloigner Pauline et la dirigeait vers sa propre voiture lorsque Christophe arriva. Pauline se tourna vers son mari, en pleurs. Sous le choc, ses propos étaient incohérents. Christophe fit de son mieux pour la calmer. Une des infirmières des sapeurs pompiers s'approcha et la prit sous son aile, et Christophe se permit de s'éloigner quelques instants. Il sortit son appareil photo et prit quelques clichés d'une certaine distance, puis s'approcha de Daniel Combe.

— Nom de Dieu, fit celui-ci. C'est pas du joli.
— Et Desmadjian ? demanda Christophe.
— Mort. Faure aussi. Sur le coup certainement. J'espère au moins. Le panneau a carrément écrasé la carrosserie. Ils ont été pris en étau et par le bloc moteur et par le toit.
— Mon Dieu. Et Elisabeth ?
— Grave. Touchée à la tête. Elle est inconsciente. On est en train de la stabiliser. C'est tout ce que je peux dire.

Christophe retourna vers Pauline et mit ses bras autour d'elle.

— Il est ... il est ... ? balbutia Pauline entre des sanglots.
— Oui, il est mort, répondit Christophe.
— Et Marc ?
— Aussi.
— Et Elisabeth ?
— Non, mais elle est gravement blessée.

Pauline éclata de nouveau en pleurs et se mit à trembler de façon incontrôlable. Christophe regarda par-dessus sa tête et vit qu'on s'occupait de Viole et de Martin, visiblement secoués.

— J'ai changé de voiture ! Mon Dieu, si j'avais été avec lui ! sanglota Pauline.

Christophe sentit son cœur rater un battement.

— Papa ! Papa ! David arriva en courant, son visage défiguré par la panique. On m'a dit ...! C'est la voiture du maire ! Et maman ! Maman !

Comme un petit garçon, il se jeta sur sa mère.

SEPT

— Bois ça et calme-toi, tout va bien, dit Christophe doucement, tendant la tasse à Pauline qui était assise recroquevillée sur le divan.

David et Tiphaine ne bougeaient pas des fauteuils où ils s'étaient laissés tomber à leur arrivée à la maison. David était allé chercher Tiphaine chez ses amies et elle était rentrée en courant. Pauline tremblait toujours, alors Christophe avait ordonné aux jeunes de la laisser récupérer. Il avait préparé du thé. Pauline prit la tasse et la tint entre ses deux mains, cherchant à les chauffer.

— Je n'arrête pas d'y penser, dit-elle d'une voix blanche. J'aurais pu être dans sa voiture. Je suis allée avec lui à Banne, mais quand j'ai vu comme il buvait, j'ai décidé de revenir avec Jacques. Tu te rends compte ?

Christophe ne répondit pas. Il se rendait bien compte, et l'idée que Pauline aurait pu être dans la voiture écrabouillée lui donnait la chair de poule.

— On le suivait, poursuivit-elle. Il allait vite, et puis juste avant le rond-point la voiture est partie en zigzag. Il a dû perdre le contrôle, il a dû patiner. Il y a encore de la boue sur la route après les pluies. Ça a dû être affreux ! Pauvre Marc ! Et pauvre Elisabeth !

Elle éclata en sanglots de nouveau.

David monta dans sa chambre et alluma son ordinateur, se connectant à Internet. Il vit que Florian Combe était en ligne, et lui envoya un message demandant s'il avait des informations sur l'accident. Florian parut aussitôt sur l'écran.

— Salut David. Non, rien de plus. Tous les témoignages concordent, tu sais. Le maire avait trop bu à Banne, et il a pris le rondpoint trop rapidement. Il n'avait plus le contrôle de son véhicule. C'est la première fois que j'assiste à une vraie désincarcération. C'était pas joli à voir. Mais les autres auraient dû l'empêcher de conduire.

— C'était sa voiture à lui.

— D'accord, mais n'empêche, tout le monde qui le côtoyait régulièrement savait qu'il était porté sur le vin. Ta mère a changé de voiture, d'accord, mais Faure ou Mme Garnier auraient dû insister pour prendre le volant. Mais bon, elle ne peut pas encore nous dire ce qui s'est réellement passé. Demande à Marine, ça s'est passé juste en face de chez elle, après tout, et son père a pris la chose en main.

— Elle n'a rien vu, elle était place Ollier pour le Rallye. Et puis elle m'a déjà dit que son père ne lui parle pas de son travail. Secret professionnel je suppose.

— D'accord. Je t'ai vu passer plusieurs fois. T'es arrivé combien ?

— Bof, au milieu quelque part, mais ça n'a plus d'importance. Tu parles ! Je ne sais même pas s'ils l'ont maintenu, la remise des prix, dans les circonstances.

— Okay. Mais demande tout de même à Marine si elle a des nouvelles. Salut.

Florian disparut de l'écran. David envoya un message à Marine espérant qu'elle ne tarderait pas à lui répondre.

— Salut David, la réponse vint rapidement. On vient d'enlever l'épave. Mme Garnier est très mal en point. Ta mère a eu de la chance de ne pas être dans la même voiture. C'est tout ce que je sais.

*

Pierre Courroux traversa la cour de l'école rapidement en voyant Christophe arriver.

— C'est vrai ce que mes jumeaux m'ont raconté ? Que Bernard Desmadjian s'est tué dans un accident de voiture ?

− Tes jumeaux ? Comment l'ont-ils su ?

− Ton fil, pardi. Il est resté en ligne pas mal de temps.

Christophe s'était demandé comment David avait passé la soirée. Il avait disparu dans sa chambre, émergeant un court instant le temps d'avaler quelque chose. De toute façon, personne n'avait eu d'appétit, et Christophe n'avait préparé un petit plat au cas où, et aussi pour s'occuper. Parler avec ses amis avait dû être la stratégie de son fils pour détourner le choc. Tiphaine, quant à elle, était restée près de sa mère toute la soirée. Il aurait voulu que Pauline reste à la maison ce matin, mais elle avait insisté pour aller à son bureau en disant qu'il fallait qu'elle s'occupe l'esprit et qu'elle allait certainement rendre visite à Isabelle Desmadjian et à Marie-Hélène Faure.

− Oui, c'est vrai, répondit-il maintenant à Pierre, qui s'ébouriffa les cheveux d'une main dans un geste qui exprimait son désarroi.

− Et ça va, ta femme ?

− Ça va. On est tous un peu sous le choc. Rien que la pensée qu'elle aurait pu être dans la même voiture que Desmadjian…. Elle l'était pour aller à Banne, tu sais, mais elle a changé pour revenir.

− Et c'est vrai que le maire aurait trop bu ?

− On dirait, mais il faut attendre l'autopsie pour le confirmer.

− Qu'est-ce qui va se passer maintenant. Comme année électorale, je pense que Les Vans doit battre les records. Ce sera le troisième maire en moins d'un an. Mme Yahiaoui est au conseil, il me semble.

Il indiqua la jeune femme qui disait au revoir à ses enfants près de l'entrée de la cour.

− Oui, je vais aller lui parler.

Christophe quitta le directeur et se dirigea rapidement vers Amina Yahiaoui.

– Mon Dieu, dit-elle, mais c'est tout bonnement affreux ! La pauvre Elisabeth est dans toutes nos prières. Je vais allez voir Isabelle et Marie-Hélène. Les pauvres femmes ! J'ai vu Jacques Viole qui achetait son pain. Il est très choqué. C'est la première fois de toute sa vie qu'il est témoin d'un tel accident. Il est très peiné pour Marc Faure, car cela faisait des années qu'ils se connaissaient. Les parents de Marc habitent le même quartier que Jacques. Les pauvres gens, perdre leur fils. Ils sont très vieux, vous savez, et leur fille est si loin. J'espère qu'ils vont tenir le coup.

Christophe hocha la tête.

– Comment va Pauline ? demanda Mme Yahiaoui.

– Elle est très choquée aussi. Je pense qu'elle va aller voir Isabelle et Marie-Hélène plus tard dans la journée.

– Ah, mais quelle catastrophe !

La jeune femme prit congé de Christophe et s'éloigna. La sonnerie retentit et il alla chercher les enfants pour les emmener vers la salle de classe en haut.

*

– Hé, David, c'est quelque chose aux Vans en ce moment !

David détourna la tête du paysage qui défilait de l'autre côté de la vitre. Cédric Courroux brandissait une coupure de journal.

– Ça fait trois, peut-être quatre si elle meurt. !

– Trois quoi ? s'éleva une voix à l'arrière du car.

– T'es pas au courant ? demanda le jumeau Courroux. Déjà le maire s'est suicidé, et maintenant c'est le maire de remplacement et un adjoint qui meurent dans un accident de voiture, avec une autre conseillère dans le coma. Ils vont devoir élire un nouveau maire. Qu'est-ce qui va lui arriver à celui-là, pauvre bougre ? Il fait pas bon d'être un élu aux Vans, c'est sûr.

Il éclata de rire.

— Fais voir l'article, clama un autre lycéen.

Le papier changea de main, et bientôt les jeunes s'amusaient à faire des commentaires.

— Hey ! Corentin Courroux se retourna. Tu crois vraiment que c'est possible, que trois membres du conseil municipal meurent comme ça ? Et si quelqu'un les butait ?

— Quoi ? Alors là tu débloques, mon vieux ! David rit franchement.

Ah, les jumeaux avec leur imagination débordante !

— Ah, non, non, moi je trouve que ça ferait un bon film, qu'est-ce que t'en dis ? Cédric se tourna vers Corentin qui hochait la tête avec vigueur.

— Oui, mais bon, c'est officiel, Vidal s'est suicidé, et quant à Desmadjian et Faure, c'est la faute à Desmadjian qui avait trop bu, dit David. Si Faure avait fait comme maman et changé de voiture, il ne serait pas mort à l'heure qu'il est.

— C'est peut-être ta mère qui a buté l'autre !

David éclata de rire. Oui, c'est ça.

— Ben oui, en plus elle a changé de voiture, c'est qu'elle savait ce qui allait se passer, c'est évident.

— Ben oui, c'est ça, répéta David avec une grimace.

— Vous savez, ça n'a pas été très drôle pour la maman de David, dit Marine qui n'appréciait pas du tout l'humour des jumeaux. Je trouve que vous lui manquez de respect.

— Laisse, Marine, murmura David.

— Non, mais j'aime pas.

— Ils rigolent, c'est tout. C'est pas grave.

— Alors, la question est, le nouveau va durer combien de temps ? charia Cédric. Et si on faisait des paris.

— Il n'est pas encore élu ! protesta David.

Mais l'idée semblait plaire à la petite bande autour des jumeaux.

En rentrant le soir, il raconta à ses parents la conversation dans le car du matin tout en taisant l'histoire des paris. Comme il l'avait pensé, ils n'ont pas trouvé les spéculations très drôles.

*

— Bon, dit Cédric Albanel sombrement. Vous êtes au courant des résultats de l'autopsie, je suppose. Cela ne leur a pas pris longtemps.

Les conseillers autour de la table firent signe que oui.

— Tu as eu raison de changer de voiture, Pauline, poursuivit-il. Plus d'un gramme d'alcool dans son sang, selon le rapport d'autopsie. Il a dû perdre le contrôle. Et malheureusement, il a aussi tué Marc. Quant à Elisabeth, le pronostic n'est pas très encourageant. J'ai été en contact avec Isabelle. L'enterrement aura lieu mardi matin. Et n'oublions pas que celui de Marc est demain après-midi.

Il soupira.

— Il va falloir nommer de nouveaux conseillers.

— Qui sont les suivants sur la liste ? demanda Jean-Luc Dubois.

Albanel consulta la feuille devant lui.

— Myriam Vaille, Françoise Martinez et Pierre-Edouard Termes.

– Pourquoi cites-tu trois noms ? demanda Amina Yahiaoui. Il n'en faut que deux.

– Je pense qu'il faut remplacer Elisabeth.

– Je ne suis pas d'accord, contesta Claude Balme. Elle est encore en vie, elle n'a pas démissionné.

– Non, mais ... étant donné les circonstances.

– Pas d'accord. Il n'y a pas de raison. Du moins, pas encore. Pour l'instant, c'est comme si elle était malade.

– Tu sais pourquoi il veut intégrer Termes ? demanda Pierre Labalme à Pauline d'une voix basse.

– Non, pourquoi ?

– Cela ferait un conseiller de sa liste de plus. Cela porterait le nombre à huit. Avec la disparition de Marc, vous n'êtes plus que six. Si on maintient Elisabeth, vous aurez sept comme avant. Et si nous perdons Elisabeth, on n'est plus que 13, donc on n'a plus la majorité absolue.

– Je ne crois pas qu'il pense à ce genre de chose dans de telles circonstances, protesta Pauline.

– C'est mal connaître ta tête de liste, Pauline.

– Mais c'est mesquin.

– C'est de la politique.

– Personnellement je pense qu'il ne faut pas la remplacer tout de suite, dit Michel Lelong. On reverra la question par la suite. Mais je pense qu'il faut intégrer Myriam et Françoise dès maintenant. Le conseil doit continuer à fonctionner.

– Et on devra élire un nouveau maire rapidement, ajouta Claude.

– Mon Dieu ! Pauline ne put réprimer une exclamation. C'est affreux !

Des larmes remplirent ses yeux et elle baissa la tête.

— C'est affreux, oui, mais nécessaire, dit Jacques Martin. On doit continuer à fonctionner. Il se tourna vers Cédric Albanel. Cela revient de nouveau à toi de convoquer une réunion du conseil municipal, Cédric.

Cédric hocha la tête.

— Je sais. Je vais prendre contact avec Myriam et Françoise. Je propose mercredi soir, si vous êtes d'accord, et si les deux autres sont libres. Je vous enverrai tous un courriel pour confirmer.

*

— Et voilà que ça recommence, murmura Christophe à Francine Arpin, la correspondante de l'autre journal local, en regardant les membres du conseil municipal prendre place.

— T'as des idées ?

— Non. C'est sûr qu'Albanel va encore essayer. Balme peut-être aussi. Dommage que Labalme soit maire-délégué de Naves, je pense qu'il serait pas mal pour Les Vans. Je ne sais même pas s'il peut poser sa candidature. Tè, il faudrait que je le demande à Pauline.

— Non, il y a incompatibilité. Même chose pour Colomb et Rogier.

— Il n'a pas sa langue dans sa poche, le Colomb, et il est très dynamique.

— Il y a beaucoup de monde ici ce soir, en tout cas.

— Tu parles ! Et dis, tu sais ce que les jeunes sont en train de se raconter ?

Christophe commença à lui rapporter la conversation de son fil et ses amis. Elle le regarda la bouche ouverte, mais avant qu'elle puisse faire un commentaire, Cédric Albanel se racla la gorge et les discussions dans la salle cessèrent.

– Bien, dit-il, merci à vous d'être tous là. Je souhaite la bienvenue à Myriam Vaille et Françoise Martinez. Je regrette seulement qu'elles nous rejoignent dans de telles circonstances. Avant de commencer, je propose que nous observions une minute de silence à la mémoire de Bernard et Marc, avec une pensée également pour Elisabeth qui se bat pour vivre.

Les conseillers se levèrent en repoussant leur fauteuil.

Cette fois la minute sembla durer une éternité.

– Bien, dit Cédric. Je propose que l'on procède à l'élection du maire. Je donne donc la parole à Jacques Viole qui va présider cette réunion.

Le vieux Jacques Viole se leva.

– Vous me voyez très peiné de devoir accomplir cette tâche une deuxième fois en si peu de temps, dit-il. Il se racla la gorge. Bon. Y a-t-il des candidatures ?

Quatre mains se levèrent. Cédric Albanel, Claude Balme, Jacques Martin et Michel Lelong tentaient leur chance de nouveau. Lorsque les papiers furent dépouillés, un petit gémissement parcourut la salle. Cédric Albanel, Claude Balme et Jacques Martin avaient chacun 8 voix et Michel Lelong avait reçu deux voix. Elisabeth étant dans l'incapacité de donner son pouvoir, il manquait donc une voix.

– On ne peut pas dire que l'élection du maire soit dénuée d'intérêt en ce moment, murmura la consœur de Christophe avec un sourire. Albanel et Balme sont déçus, c'est évident, et Martin semble surpris d'en avoir autant.

Lors du dépouillement des papiers après un second vote, Cédric Albanel devançait les deux autres avec 15 voix, Claude Balme et Jacques Martin recevant cinq voix chacun, avec une abstention.

– Intéressant, commenta Christophe, observant la réaction des deux autres.

– Mouais, mais il y en a qui ne voulaient pas d'Albanel comme maire, répondit sa consœur. Tant pis, ils l'ont maintenant. Bon, voyons ce qui va se passer pour les adjoints.

– Je sais que Pauline va postuler pour garder son poste de 3ème adjointe.

Le choix des adjoints fut rapide. Sans surprise, Claude Balme devint premier adjoint, Jacques Martin fut élu 2ème adjoint, Pauline garda son poste, et Pierre Labalme devint 4ème adjoint.

– Hm, murmura Francine. Personne ne veut jamais de Lelong. T'as vu la tête qu'il fait ? De toute façon, au vu de ce que tu m'as raconté sur ce que disent les jeunes, il vaut peut-être mieux ne pas postuler. J'aime bien cette idée. Très amusant. Ça fait un peu Agatha Christie, « Petits meurtres à la mairie », ou « Dix petits élus », voire un remake du film, « Petits meurtres entre élus ». Elle poussa un petit rire et Christophe sourit.

C'est vrai que lorsque David leur avait fait part des commentaires des jumeaux Courroux, lui et Pauline n'avaient pas été très amusés, mais en fait la situation était quand même assez rocambolesque, et Christophe se dit qu'il ferait part à David des remarques de sa consœur de presse. Il apprécierait probablement, les jumeaux Courroux sûrement.

– Avant de nous quitter, je vous rappelle que la cérémonie du 11 novembre aura lieu mardi prochain, disait Cédric Albanel. J'espère que vous y serez. Ce sera le 96ème anniversaire de la fin de cette grande guerre qui a débuté il y a 100 ans exactement.

Un grand raclement de fauteuils signala la fin de la réunion. Les deux correspondants se dépêchèrent de prendre les photos nécessaires pour illustrer leur compte rendu.

Christophe attendit ensuite que Pauline le rejoigne et ils quittèrent la grande salle chauffée à bloc par le nombre de personnes qui s'y trouvait.

– Eh bien, Pauline, c'est Cédric Albanel, le maire. Tu n'en voulais pas.

– Non, mais que veux-tu ? Quand il faut choisir entre Claude Balme et Cédric, y a pas photo.

– Pourquoi pas Jacques Martin ?

– Trop gentil, il se ferait bouffer tout de suite. Il fallait donc voter utile. Il faut espérer qu'il ne se conduira pas trop comme un petit empereur.

– Mais pourquoi t'es-tu mise sur sa liste si tu ne l'aimes pas ?

– Parce qu'il avait des idées avec lesquelles j'étais d'accord. Je ne connaissais pas sa personnalité à ce moment-là. Je dois avouer que j'ai trouvé plus d'affinités avec Bernard Desmadjian, mais c'était trop tard, je ne pouvais tout de même pas changer. Mais parfois pendant la campagne, j'ai eu envie de partir en claquant la porte.

– Tu n'as rien dit.

– Non, je ne voulais pas t'influencer pour tes articles.

– Ils sont nombreux de la première liste pour contrecarrer Albanel, ne t'inquiète pas.

HUIT

– Hey, David, c'est vrai ce que raconte Manon ?

Tiphaine entra en trombe dans la chambre de son frère.

– Mais enfin, Tiphaine, tu pourrais frapper avant de rentrer quand même, je t'ai déjà dit que je n'aime pas quand tu entres comme ça.

– Purée, mais t'es chiant, qu'est-ce que t'as à cacher, de toute façon !

– Simplement, c'est ma chambre.

David poussa un soupir d'irritation et quitta du regard l'écran de son ordinateur.

– Qu'est-ce que tu racontes ? Manon qui, de toute façon ?

– Ben, Manon Balme. Elle l'a entendu de sa sœur qui est dans ta classe.

– Entendu quoi ? De quoi tu parles ?

– Ben, des paris sur nos maires.

– Chut ! Tais-toi un peu ! Purée, mais la grande gueule !

– Mais quoi ?

– Ferme la porte, bon sang !

Tiphaine s'exécuta puis s'assit sur le lit de son frère.

– Alors, raconte.

David poussa encore un soupir puis sourit grandement. Ben, dit-il, les jumeaux Courroux ont lancé des paris sur le temps que va tenir Albanel avant de mourir.

Tiphaine écarquilla les yeux.

– Tu rigoles !

– Non, ils ont monté toute une histoire comme quoi quelqu'un bute les maires. On paie un euro et on met une date.

Tiphaine se mit à rire.

– Oui, mais il y a aussi Monsieur Faure, dit-elle après quelques minutes. Lui n'était pas un maire. Il ne compte pas ? Pourquoi les Courroux parlent-ils seulement de maires ?

– Ah, les jumeaux pensent qu'il est mort simplement parce qu'il était dans la voiture. Sinon ça ne serait pas toujours le maire qui décède. Mais je dois avouer, leur histoire de paris fait rire, dit David. Et il y a un tas de gens que ça intéresse au lycée. Tu parles, celui qui gagnerait ramasserait un sacré pactole ! Pour l'instant, il y en a pas mal de notre année qui participent et les jumeaux prospectent les autres.

– Et toi, tu as parié ?

– Ben oui.

– Et alors, t'as parié quoi ?

– J'ai mis une date début janvier. C'est pour rire de toute façon.

– Mais qu'est-ce qu'ils vont faire avec l'argent quand rien ne se passera ?

– J'en sais rien, on n'en a pas parlé. Et tu n'en parles pas aux vieux, hein ? Surtout pas à Maman, mais remarque, elle n'aime pas trop Albanel, elle serait peut-être contente qu'il ne soit plus maire. Il n'arrête pas de leur foutre du travail sur la planche tout en se mêlant de tout, d'après ce que j'entends. Elle dit qu'il lui fait penser à Sarko.

– Ah, dit-elle d'un ton de voix qui indiquait qu'elle ne savait pas ce qu'il voulait dire.

– Ancien président de la France. On était trop jeunes pour en être conscients, mais vu que je vais pouvoir voter bientôt, je m'y intéresse un peu plus. Heureusement qu'il n'est plus là, celui-là.

– Et le président qu'on a maintenant est mieux ?

– Bof. Bon, t'as fini ? C'est tout ce que tu voulais ?

– Oui.

– OK, tu dégages, j'ai du travail.
– Ah oui ? On ne dirait pas d'après ce qui est sur l'écran.
– Dégage !

*

– Conneries, marmonna David, suivant ses parents vers le centre d'accueil.
– Quoi ? Pauline se retourna, étonnée.
Ce n'était pas la première fois qu'il assistait à l'anniversaire de l'Armistice de 1918.
– Ils disent ça chaque année. « Plus jamais ça ». Et pourtant il n'y a pas un an sans qu'il y ait une guerre quelque part ! 100 ans après le début de la « der des ders ». Ils doivent se retourner dans leur tombe, tous ces pauvres poilus, morts pour rien.
– Ben dis donc, commenta Christophe, tu deviens politisé maintenant ?
– Ben, je vais bientôt avoir 18 ans.
– Eh bé ! Christophe regarda son épouse et leva ses sourcils.
– Ben quoi ? Le regard de David alla de son père à sa mère. C'est pas parce que je passe mon temps devant mon ordi que je ne sais rien. Je me documente sur un tas de choses, et on discute beaucoup entre nous.
– Ah bon, ça me fait plaisir de l'entendre, dit Christophe.
David lui lança un regard noir.
– Alors on va maintenant se gaver de petits fours ? demanda-t-il.
– Non, David, dit Pauline faisant un effort pour ne pas s'irriter. On va simplement prendre le verre de l'amitié qui

termine la cérémonie. Si tu ne veux pas venir, tu n'as qu'à rentrer comme d'habitude.

– Non, non, je suis curieux. Maintenant que tu es conseillère, on voit les choses de l'autre côté.

Pauline lui jeta un regard, mais ne dit rien. Elle vit du coin de l'œil Christophe faire un petit sourire.

– Il s'en est sorti pas mal pour sa première manifestation, Albanel, commenta Christophe.

– Oui. Mais il s'est beaucoup reposé sur le président des anciens combattants, tout de même. Et tu as vu sa petite hésitation au moment de placer la gerbe ?

– Ah non, j'étais trop occupé à essayer d'avoir de bonnes photos. Ce n'est pas facile le monument. On n'arrive pas à avoir un bon angle.

– Oui, je sais. Tu radotes, mon chéri.

Il était toujours assez difficile d'atteindre les tables où se trouvaient les biscuits apéritifs et les verres, car la salle était remplie de monde et les gens avaient tendance à rester discuter tout près des tables. Christophe vit Daniel Combe et Hervé Rousset et se fraya un chemin vers eux pour échanger quelques paroles. David aperçut Florian Combe, qui en tant que pompier volontaire avait assisté à la cérémonie, et alla le rejoindre. Pauline salua Claude Balme dans son uniforme de sapeur pompier, qui passait avec un bol de biscuits et un plateau de kirs. Elle prit un kir et se servit des biscuits, échangeant quelques mots avec lui avant d'être interpellée par d'autres personnes. Les échanges étaient mondains, on parlait de la gastro qui commençait à sévir et qui expliquait l'absence de certaines personnes, des préparations pour les fêtes de Noël, et d'autres sujets qualifiés de « rasoirs » par David.

– Ma foi, Maman, dit-il, sur la route de retour. Je ne sais pas comment tu peux rester si amicale devant l'attitude de certaines personnes. Et comment tu fais pour donner l'impression d'être intéressée par tout ce qu'elles disent ! Je ne t'imaginais pas comme ça.

— Ah, ta mère est pleine de ressources, mon garçon, dit Christophe. Elle fait une très bonne conseillère, et je ne suis pas le seul à le penser.

— Ah bon ? demanda Pauline, surprise.

— Ah-ha, mais je ne dévoile pas mes sources. Christophe tapa le doigt contre son nez.

— Et puis, tout le monde reste collé à la table. Heureusement qu'il y en a qui passent avec un plateau, sinon, on ne mangerait rien ! poursuivit David. J'ai trouvé le kir un peu amer.

Christophe sourit. J'espère que tu n'as pas trop bu.

— Bof, on est à pied, qu'est-ce que ça peut faire ?

— Enfin ! lança Tiphaine lorsqu'ils arrivèrent chez eux. J'ai faim, moi !

— Fallait venir avec nous, alors, lança David avant de monter vers sa chambre.

— Tout est prêt, dit Pauline. Il suffit de le réchauffer, donc tu peux redescendre. J'espère que tu as mis la table au moins, Tiphaine.

*

Au milieu de la soirée, Pauline et David, le teint blafard, étaient allongés dans leur lit, une bouillotte sur le ventre.

— Eh bé, dit Christophe montant pour la énième fois, on dirait que vous avez choppé la gastro tous les deux.

— Tu te sens bien, toi ? demanda Pauline du fond de sa couette.

— Pour l'instant, oui.

Ils entendirent des pas rapides sur le palier et la porte de la salle de bains claqua.

– Tu ne veux pas qu'on appelle le médecin ?

– Non, non, ça ira. Mais garde un œil sur David quand même, il a l'air d'être plus atteint que moi. Ça a quand même été rapide, on allait bien ce matin.

– Oui, mais tu te rappelles lorsque cela m'est tombé dessus l'an passé ? Pas d'avertissement. Je me sentais bien, puis en pleine nuit, vlan !

– Oui, effectivement. Je pense que je vais devoir rester ici demain. Flûte, j'ai une réunion de commission.

– Tu n'iras nulle part demain ! Bon, je te laisse. Pas besoin que je change la bouillotte ?

– Non, merci, elle est encore chaude.

Christophe toqua à la porte de Tiphaine en passant. Ça va là-dedans, ma chérie ?

– Oui, je reste éloignée, tu n'ouvres pas la porte, j'ai pas envie d'être malade.

– De toute façon tu es déjà contaminée, tout comme moi, alors on verra. Bonne nuit alors.

Christophe alla dans son bureau afin de préparer ses affaires pour ses cours du lendemain. Il appela Cédric Albanel pour le prévenir que Pauline ne serait pas présente à la réunion. Ce fut Marthe, l'épouse du maire, qui répondit et l'informa qu'Albanel était lui aussi bien au chaud dans son lit.

– Je dois avouer que je ne me sens pas très bien non plus, dit-t-elle. Je pense que la réunion de demain sera reportée. Pas question que Cédric y aille s'il n'est pas bien. Il doit faire attention avec sa santé, vous savez.

– Ah bon ?

– Ben oui, avec son diabète. Il a le type 1, alors lorsqu'il est malade tout est déréglé. Et à son âge, il faut être vigilant.

– Je ne savais pas cela à son sujet.

– Ah bon, ce n'est pas un secret pourtant. Mais c'est vrai qu'il n'en fait pas toute une histoire, ça fait tellement longtemps qu'il vit avec, et il le contrôle très bien. Personnellement, je n'étais pas très enthousiaste qu'il devienne maire avec toutes les responsabilités et les horaires détraqués que cela signifie, sans parler des apéritifs et des repas.

Après quelques mondanités supplémentaires, Christophe raccrocha et remonta voir Pauline pour lui faire part de sa conversation.

– C'est bien alors, murmura celle-ci. Je ne raterai rien comme ça.

– De toute façon, un petit repos ne te fera pas de mal, tu n'arrêtes pas de courir en ce moment.

*

Trois semaines de multiples réunions et un conseil municipal plus tard, Christophe devait répéter sa phrase devant la petite mine de Pauline, qui haussa les épaules, mais ne dit rien.

Oui, pensa-t-il, Albanel fait courir tout son monde. Un petit dictateur effectivement. Un quasi-monologue lors de la réunion du conseil malgré les efforts des autres pour intervenir, des doigts dans toutes les commissions, des notes demandant de faire ceci ou cela. En très peu de temps, les conseillers avaient pris un air renfrogné. Pourtant, ils savaient comment il était, se dit Christophe se souvenant des commentaires. Je me demande pourquoi ils n'ont pas élu l'un des autres.

En même temps, Albanel avait commencé à mettre de l'ordre dans certaines affaires. S'il se révélait défaillant dans le domaine des relations publiques, ce qui pourrait à la longue jouer contre lui lors des prochaines élections, il était doué d'un point de vue administratif. Mais, aux yeux de certains, il affichait un peu trop ses préférences politiques.

Le mois de décembre s'ouvrit avec le repas des aînés de la commune. Par mesure d'économie on avait réuni depuis quelques années les quatre sections pour ce repas, une décision qui avait déplu aux communes associées qui tenaient malgré tout à leur identité. Cette même mesure d'économie avait porté l'âge minimum pour s'inscrire au repas à 70 ans, d'une part parce que la commune des Vans comprenait un pourcentage élevé de personnes âgées et le montant colossal pesait sur le budget limité des CCAS des quatre sections qui avaient la tâche d'organiser cette manifestation, et d'autre part parce que dans la société actuelle les sexagénaires n'étaient plus tellement les « aînés ». Beaucoup d'entre eux travaillaient encore, l'âge de la retraite – ou plutôt le nombre de trimestres donnant droit à une retraite à taux plein – augmentant d'année en année. Parler d'aînés dans ce contexte n'avait plus le même sens.

L'ambiance était habituellement très chaleureuse, les animations musicales et autres faisaient passer à tout le monde un très bon moment. Un cadeau était généralement offert aux doyen et doyenne de chaque section, ce geste ayant été exigé par les maires-délégués en contrepartie de la réunion des populations. Le maire présidait tout naturellement ce repas, et les membres du conseil municipal remplissaient les rôles de serveurs.

Le conseil municipal s'y trouvait presque au grand complet. Pendant qu'on servait l'apéritif, Albanel prit la parole pour souhaiter la bienvenue.

– En cette époque de festivités, dit-il, ayons une pensée pour ceux qui nous ont quittés pendant l'année, je pense particulièrement à Jacques Vidal, Bernard Desmadjian et Marc Faure qui ont servi brièvement notre commune et qui nous ont quitté dans des circonstances dramatiques, ainsi que ceux qui sont malades, sans oublier Elisabeth Garnier, notre conseillère qui se bat vaillamment pour sa vie. J'ai pris de ses nouvelles ce matin même, et je suis heureux de pouvoir annoncer que les médecins l'ont sortie de son coma artificiel et elle semble maintenir le cap.

– Ah, voilà une bonne nouvelle, murmura Pauline à Christophe qui revint vers elle, après avoir pris une série de photos.

– Effectivement.

Il sortit son calepin pour prendre quelques notes.

– Bien, il ne me reste plus qu'à vous souhaiter bon appétit à toutes et à tous. Et joyeux Noël ! termina Albanel après avoir parlé pendant quelques minutes. Il quitta la petite estrade sous quelques applaudissements.

– Oops, dit Christophe. Il a oublié d'inviter le conseiller général à dire quelques mots. Tu as vu sa tête à celui-là ?

– De toute façon, ils ne peuvent pas se blairer même s'ils sont du même bord, ajouta Pauline. Je ne pense pas qu'il s'agisse d'un oubli.

– Bon, jetons un œil au menu. Christophe posa son appareil à côté de son assiette et prit le carton. Mmm, cela a l'air bon. De toute façon, on mange toujours bien avec nos traiteurs.

– Ben, toi, tu as de la chance de pouvoir manger tranquillement. Moi, je dois faire le service.

– Tu remarqueras que le maire prend place à table. Christophe indiqua Albanel qui s'asseyait à côté de sa femme. On vint tout de suite lui verser à boire.

– C'est le maire. Il ne va quand même pas faire le service. Bon, je te quitte, pour l'instant. Bon appétit !

L'apéritif traîna en longueur avant que les premières assiettes d'hors d'œuvre soient apportées. Christophe fit de son mieux pour ne pas céder à la tentation de grignoter. Il bavarda avec ses voisins en attendant d'être servi. Une musique d'ambiance tentait de se faire entendre au-dessus du brouhaha des conversations. Tout en bavardant, Christophe observa la salle. Le doyen de l'assemblée, toujours vaillant à 96 ans quoi qu'un peu moins actif, discutait dur avec un autre membre estimé de la communauté. La doyenne avait quelques années de moins et les portait aussi très bien. On vivait assez vieux au Pays des Vans et les octogénaires étaient nombreux. C'était la première fois qu'il restait pendant tout le repas, malgré les invitations répétées des responsables. Il prenait des photos et partait. Mais puisque Pauline y participait, il avait accepté l'invitation.

Il attaqua le contenu de l'assiette qu'on plaça devant lui. Pauline vint le rejoindre après quelques minutes. Les conversations devinrent moins bruyantes, et le cliquetis des couverts plus fort.

Le maire se leva à plusieurs reprises et fit le tour des convives, manifestement en train de s'assurer que tout allait bien. Pauline quitta la table afin d'aider ses collègues à servir le plat principal. A la table « haute », le maire racontait quelque chose de drôle et les autres riaient sans retenue. Il s'interrompit le temps de remercier l'élu qui plaçait une assiette de chevreuil en sauce devant lui, puis continua son histoire, tout en plongeant sa fourchette dans la viande avec appétit.

Pour autant qu'il se montre tyrannique lors des réunions, pensa Christophe, il sait s'amuser. Et il a un bon appétit !

Mais il remarqua à plusieurs reprises que Mme Albanel jetait des regards soucieux à son mari.

Pauline se trouvant à ses côtés, il lui en fit la remarque.

– Elle trouve qu'il mange trop, dit Pauline. Mais il dit qu'il a faim, alors il mange. On va certainement danser un peu avant le fromage, alors il pourrait se dépenser. Et toi aussi.

Christophe grimaça. Il n'aimait pas trop se mettre en spectacle.

— Il n'y a pas beaucoup de place pour danser, on peut la laisser aux aînés.

— Certainement pas. J'ai envie de danser ! Ah, regarde, on se met debout.

— Va danser avec le maire, alors.

— D'accord.

Sur ce, elle se leva et se dirigea vers Albanel. Ils se concertèrent quelques instants et elle revint à sa place.

— Il va danser un peu avec sa femme puis il viendra me chercher.

Christophe sourit. Comme cela, tu sauras quel genre de danseur il est.

— Oh, pas mal, regarde. Je pense que je vais apprécier.

— Attention !

Pauline jeta un regard vers son mari et lui fit un grand sourire.

— Ah ? Serais-tu un peu jaloux ?

Christophe sentit sa figure se colorer.

— Tu sais, chéri, il n'y a qu'une façon de combattre cela et c'est de danser avec moi, poursuivit Pauline d'un ton espiègle.

— Du chantage, murmura-t-il, tendant sa main pour prendre la sienne. S'ils mettent un slow, pas de problème.

Il n'avait jamais été très doué pour la danse, exécutant les mouvements plutôt comme un automate, sauf pour les slows où il suffisait de se laisser porter par la musique et puisqu'il aimait prendre sa femme dans ses bras, il ne refusait jamais une telle danse. Il laissa partir Pauline avec Albanel avec un sourire.

Les élus qui ne dansaient pas commencèrent à distribuer les assiettes de fromage, et les danseurs quittèrent peu à peu la petite piste.

– Et alors ? demanda Christophe.

– Pas mal, mais il s'essouffle quand même. Il n'est plus si jeune que ça.

– Cela lui a donné de l'appétit. Christophe fit un petit mouvement de la tête et Pauline se retourna sur sa chaise pour regarder le maire se servir de plusieurs morceaux de fromage et de pain. Ils virent d'après l'expression sur le visage de son épouse qu'elle n'approuvait pas sa voracité retrouvée.

– Bon, je vais aider un peu, dit Pauline après quelques minutes.

Ayant vu « Forêt noire » inscrite sur le menu en guise de dessert, Christophe s'était servi frugalement en fromage. Il n'allait pas regretter sa décision, car les portions de gâteau étaient généreuses.

Il y avait moins de monde à danser pendant un bon moment, malgré les efforts du DJ et Christophe se sentit gagné par la somnolence de la digestion. Il n'était pas le seul. Le maire tenta de se mettre debout et s'affala sur sa chaise. Il se mit à boire de l'eau en grande quantité, puis lorsqu'on plaça devant lui un café, il l'avala d'un trait, fit un grimace et reprit son verre d'eau d'un geste qui manquait de précision. Son épouse avait l'air de rouspéter et après quelques minutes le couple se leva et quitta la grande salle.

Christophe somnola sur sa chaise, et sursauta lorsque Pauline vint s'asseoir à côté de lui.

– Une petite danse, chéri ? demanda-t-elle souriant grandement devant son air avachi.

– J'ai plutôt envie de dormir, dit-il. Vachement bon, la forêt noire.

— Délicieuse. Marthe a obligé Cédric de rentrer à la maison. Il avait un peu exagéré.

— Je l'ai remarqué.

— Oui, mais chez lui, ce n'est pas à faire. Il n'a pas été raisonnable. J'espère qu'il ne va pas être malade.

— Plein de contradictions cet homme, finalement. Ah, un slow. Tu veux vraiment danser ?

— Et comment !

Christophe força ses jambes à se mettre debout et emmena sa femme vers la petite piste.

NEUF

La rencontre avec les professeurs de sa fille avait lieu en même temps qu'une réunion du conseil municipal. Christophe se trouva au collège à la place de Pauline qui y allait normalement et rata donc le conseil. Il ne passait jamais entre les deux bâtiments après la grille d'entrée sans penser à l'ancien collège qui s'était trouvé jadis en face. Ce grand édifice carré de béton et de verre typique des années 1960 avait été totalement démoli il y a cinq ans, et on s'était habitué au nouveau paysage. Ce n'était que quand on regardait des photos qu'on se rendait vraiment compte du changement opéré par le nouveau complexe. Il tourna à droite et monta quelques marches du bâtiment réservé au collège, puis longea le parvis avant d'y pénétrer. Il grimpa rapidement au premier étage, tourna vers sa gauche et se dirigea jusqu'au bout pour retrouver la salle où, d'après le papier qu'il tenait, le professeur principal de Tiphaine attendait les parents. Il n'avait pas l'intention de voir tous ses professeurs, bien sûr, il y avait des matières dans lesquelles sa fille n'avait aucun problème. Mais c'était l'année du brevet des collèges, et avec les réformes récentes, cet examen prenait de plus en plus d'importance dans l'orientation vers le lycée. Il ne fallait pas que Tiphaine soit orientée malgré elle vers des études qui ne lui conviendraient pas. Cela arrivait trop souvent maintenant, d'après ce qu'il entendait autour de lui. David avait échappé de peu à cette répartition anarchique résultant du brevet.

Entre les files d'attente et les discussions la soirée passa rapidement.

– Et alors ? demanda Tiphaine lorsqu'il rentra. Qu'est-ce qu'on raconte sur moi ?

– Que tu es paresseuse en fait. Tu pourrais faire mieux.

– Bof.

– N'oublie pas que tu as le brevet à la fin de l'année.

– Pas moyen de l'oublier. On nous bassine avec ça tout le temps. Ce n'est qu'un bout de papier.

– Plus maintenant. C'est devenu un moyen de triage à vos dépens, n'oublie pas. Malheureusement, si tu veux faire ce que tu veux, tu as intérêt à l'avoir, ce bout de papier. Avec un bon score en plus. Je ne rigole pas.

– David me dit ...

– Les choses n'étaient pas pareilles lorsqu'il était en 3ème, interrompit Christophe. Il ne faut pas l'écouter, tout a changé l'année d'après. Si tu veux savoir, parle avec quelqu'un qui est en Seconde. Les Terminales l'ont eu facile, comparé aux autres.

Tiphaine le regarda, pensive.

Tiens, pensa Christophe, j'ai l'impression que pour une fois elle a entendu ce que j'ai dit. Tant mieux.

Une heure plus tard la porte d'entrée s'ouvrit et Pauline parut dans l'embrasure de la porte du salon.

– Déjà ? s'étonna Christophe regardant la pendule.

– Ah, tu vas regretter de ne pas y avoir été, dit Pauline venant s'asseoir sur le divan. Juste avant la réunion, Jacques Martin a présenté sa démission en tant qu'adjoint parce que sa femme est maintenant très malade et il veut être disponible pour s'occuper d'elle.

– Ah, je suis désolé d'entendre cela. Je pensais qu'elle allait mieux.

– Nous aussi, lui aussi en fait, mais les traitements ne marchent pas. Je pense que c'est la fin.

– Ma foi, pauvre Jacques.

– Oui. Il va rester au conseil, bien sûr. Donc, on a changé les adjoints. Tu as devant toi la 2ème adjointe au maire. Mais j'ai fait en sorte que le social reste avec moi.

– Dans la réalité, rien ne change pour toi, alors.

– Non, effectivement, c'est simplement le numéro.

– Et qui sont les autres, alors ?

– Claude Balme reste premier, Pierre Labalme devient 3ème et Edith Bazin est 4ème. C'était entre elle et Michel Lelong.

– Qu'est-ce que vous avez contre Lelong ?

– Pourquoi ?

– Il se porte candidat tout le temps mais n'est jamais choisi.

– Ben, je ne sais pas. Personnellement je ne le sens pas. Il était sur la troisième liste, si tu te souviens, mais je le trouvais trop… comment dire… pompeux ? Non, ce n'est pas ça, imbu peut-être ? Vide ? Dans les commissions où il se trouve, il est toujours en train de parler, mais il n'apporte jamais rien de concret, si tu vois ce que je veux dire. On ne le voit pas souvent sur le terrain, et quand il daigne venir, il ne fait rien. Il se résume à des paroles.

– Les autres doivent penser comme toi, alors.

– Mm, peut-être. Tout le contraire d'Albanel, qui, lui, est tout en parole et tout en action. Il est fatigant à la fin.

– Hm. En tout cas, félicitations, Madame la Deuxième Adjointe au Maire.

Christophe se pencha vers sa femme et l'embrassa.

– Tu vas devenir maire un jour ? demanda Tiphaine qui se levait pour quitter la pièce.

– Comment ça ?

– Ben, si ensuite tu deviens première adjointe, après c'est maire.

– Cela ne marche pas comme cela, chérie, ce n'est pas une question de monter dans une hiérarchie. Si je ne postule pas pour être maire, je ne le deviendrai jamais. Je n'ai pas envie d'être maire, de toute façon.

– Et comment allait Albanel ? demanda Christophe.
– Comment ça ?
– Après le gueuleton des vieux.
– Oh, je l'avais complètement oublié. Lui aussi, je pense. En tout cas, il était en pleine forme.
– Et le prochain c'est quand ?
– Le prochaine quoi ?
– Gueuleton pour le maire.
Pauline éclata de rire.
– La Sainte Barbe avec les pompiers a lieu juste avant Noël.
– Ah oui, j'avais oublié le repas, ils le combinent avec une remise de diplômes de formation. Tu n'y vas pas quand même, au repas !
– Non, non, ne t'inquiète pas. Je laisse ça au maire et Claude Balme.
– Et après, ça sera la ronde des Pères Noël pour moi, et puis ce sera les vœux du maire.
– Déjà !

*

David fit sortir sa sœur de la chambre et se brancha sur sa messagerie. Il envoya l'information concernant sa mère aux jumeaux Courroux. Corentin parut rapidement sur l'écran.
– Salut vieux, on entre les données. Ta mère devient une possibilité sérieuse si jamais l'Albanel vient à clamser.
– Tu exagères. Le temps passe, et le maire tient encore.
– Oui, il y a déjà des perdants. Je vois que tu as mis l'année prochaine. Qu'est-ce que vous avez d'intéressant en décembre qui pourrait fournir une occasion à un tueur éventuel ?

– Le Marché de Noël dimanche ?

– Mouais. Beaucoup de monde. Il peut se passer n'importe quoi. On va s'y pencher.

David éclata de rire. Vous êtes des tarés. Je le vois bien, le Père Noël qui descend en parapente en mitraillant tout le monde !

– Ah, voilà une idée. Et dis, pour celle qui était dans l'accident, où en est-elle ?

– Elle a repris conscience, mais pour l'instant elle n'est pas en état de parler.

– Hm. Parce que si quelqu'un les bute, ce n'était donc pas un accident et elle devient un témoin gênant, et dans ce cas...

David éclata de rire de nouveau. Retourne à ton scénario. Le film sort quand ?

– Ciao.

David rigolait encore lorsqu'il éteignit son poste pour aller se coucher.

*

Le dimanche du jour du marché de Noël, le temps était au beau fixe ce qui soulagea les organisateurs et les participants. L'année précédente, il avait neigé et tout avait été annulé. Cela n'arrivait pas souvent, heureusement.

Christophe partit vers les 10 h 30 faire un premier tour et photographier le maire assis dans une calèche aux côtés du Père Noël, qui menait le défilé des chevaliers de la Confrérie de l'olivier des Vans accompagné par la Péna, l'harmonie du bourg qui avait pris de l'extension ces dernières années avec l'arrivée de jeunes instrumentistes. Il fit un tour des stands des artisans sur la place Ollier avant de retourner à la place du

Marché où avait lieu le concours des tapenades. Puis il remonta à la maison où il trouva ses enfants qui traînaient dans le salon.

– Mais enfin, Papa, ça ne m'intéresse pas ! dit Tiphaine avec une grimace. J'irai cette après-midi pour le Père Noël.

– Moi aussi, grommela David.

– Eh bé, des grands enfants comme vous et le Père Noël, commenta Christophe avec un grand sourire. C'est chaque année pareil, je ne vois pas ce qui vous attire.

– Ouais, mais c'est quand même génial de le voir arriver comme ça, dit Tiphaine. Et puis, je vois mes copines.

– Exactement, ajouta David. Et on ne sait jamais, il pourrait louper son saut. N'importe quoi pourrait se passer. Le maire va y être ?

– Quelle question, bien sûr.

Mais Christophe jeta un regard vers Pauline pour le confirmer. Après tout, peut-être que ce maire s'en foutait royalement.

– Je pense qu'il y sera, dit-elle.

– Tu y vas, Maman ?

– Bien sûr. Mise à part le fait que je suis une élue et qu'il faut soutenir les manifestations, j'aime bien voir le Père Noël descendre comme ça.

– Moi aussi, avoua Christophe.

– Ben, tu ne te mets pas trop près, hein ? dit David.

– Trop près de quoi ?

– Du truc, de là où il va atterrir.

Pauline sourit d'amusement.

– Pourquoi, tu as peur qu'il m'atterrisse dessus ?

– Très drôle, fit Tiphaine. Comme si !

La famille au complet descendit la route au milieu de l'après-midi pour attendre avec la foule près de la Poste l'arrivée du Père Noël par parapente à partir du Serre de Barre. C'était un événement rituel qui ne cessait de plaire et l'endroit était noir de monde, les enfants arborant des ballons auxquels ils avaient attaché des lettres pour l'homme en rouge. Dans leur joie, pas mal d'enfants lâchaient leurs ballons pendant la descente du parapentiste qui devait s'appliquer pour les éviter.

David laissa les autres et alla à la recherche des jumeaux Courroux qui avaient dit qu'ils seraient là pour cette fameuse arrivée. Il les trouva déambulant parmi les stands des artisans sur la place Ollier, leur caméra à l'épaule.

– Okay, leur dit-il. Avez-vous vu quelque chose de louche jusqu'ici ?

– Non, rien du tout, répondit Corentin. On a trouvé votre maire et on l'a suivi et on a bien observé tous ceux autour de lui, mais franchement, on n'a rien vu de suspect. C'est décevant.

David rit de bon cœur.

– Il y avait quand même un type qui avait un comportement bizarre, mais le maire lui a parlé comme si de rien n'était et ils ont même blagué ensemble, dit Cédric.

– En quoi son comportement était-il bizarre ? demanda David.

– Il n'arrêtait pas de regarder autour de lui, comme s'il guettait quelque chose et il regardait souvent dans l'air, et quand il nous a vu avec notre caméra, il a détourné le regard.

– Il était comment physiquement ?

Les deux jumeaux se mirent à décrire cet homme et David finit par une image tellement embrouillée dans son esprit qu'il secoua la tête.

– Non, mais, mettez-vous d'accord au moins !

– Oh, je le vois, je le vois, clama Cédric essayant d'indiquer discrètement l'objet de son attention. Il est encore avec le maire et ils suivent la foule.

David se retourna.

– Ben, oui, ça c'est normal, il va voir le Père Noël. Quant à l'autre, c'est le président de l'office de tourisme. Il n'y a rien de louche chez lui. Qu'est-ce que vous racontez ?

– Ah bon ? Ah bon.

Visiblement les jumeaux étaient déçus.

– Allez, ne faites pas cette tête-là. On y va. Moi je ne veux pas rater la descente. Et si vous le filmiez, ça pourrait être une scène à garder pour un de vos films – ou même celui-ci sur le meurtre du maire aux Vans !

Ils se hâtèrent et se mêlèrent à la foule le nez en l'air, guettant le premier signe. Puis un cri se leva.

– Le voilà ! Le voilà !

Un petit point noir quittait la crête du Serre de Barre. Il grossit rapidement jusqu'à ce qu'on distingue des bras et des jambes rouges qui s'agitaient sous une toile de parapente. Allant et venant en de gracieuses courbes le parapentiste descendit et on distingua la barbe blanche et les mains gantées qui faisaient des signes. Il se fraya un chemin parmi les ballons qui montaient. Puis après le dernier arc au-dessus des arbres et des toits, il s'aligna pour descendre droit sur la portion de route délimitée par quelques barrières. La fin fut rapide, l'atterrissage parfait, et à peine eut-il mis pieds à terre qu'il fut submergé par la foule réclamant les papillotes qu'il avait apportées avec lui.

– Très joli, commenta Cédric Courroux.

– N'est-ce pas ? Où était sa mitraillette ? demanda David sarcastiquement avec un sourire.

– Où est le maire ? demanda Corentin se retournant rapidement.

David leva les yeux au ciel avant de regarder la foule.

– Le voilà ! Là-bas, en train de retourner vers la place ! dit Cédric.

– Vite, vite, il ne faut pas qu'on le perde de vue ! ajouta Corentin.

Les jumeaux bousculèrent les passants dans leur hâte de garder le maire à l'œil. David suivit plus lentement.

Le maire déambulait tranquillement s'arrêtant par moments pour échanger quelques paroles avec des passants. Les jumeaux trouvèrent plusieurs suspects. La liste s'allongea pour inclure le prêtre local, plusieurs élus non seulement des Vans mais aussi d'ailleurs, quelques commerçants, la directrice de l'office de tourisme, le parapentiste lui-même maintenant délesté de ses habits de vol (son rôle sur le sol était rempli par quelqu'un d'autre), le directeur du collège, la directrice de l'école privée, un médecin et la chef de la chorale La Chabiscole qui allait chanter sous peu à l'église.

– Mais enfin ! rit-il.

– On va trouver des mobiles, ne t'inquiète pas. Oh, regarde celui-là, par exemple.

– Mais c'est le père de Marine, punaise !

– Oh, ah, mouais.

David rit de nouveau. Finalement il passait un très bon moment au marché de Noël.

Attend que je raconte tout ça à mes parents, pensa-t-il. Ils vont se marrer.

– Bon, va pour le marché de Noël, dit finalement Corentin. Les prochaines occasions pour éliminer le maire seraient lesquelles ?

– Mais pourquoi veux-tu qu'on décide de l'éliminer lors de manifestations ?

– C'est vrai, ça, dit Cédric. Ça pourrait arriver n'importe quand.

– Il faut que ça ait l'air d'un accident tout de même, répondit Corentin. Pour l'instant on cherche des moments où un accident pourrait arriver. Mais c'est vrai que n'importe lesquelles des personnes ici pourraient lui vouloir du mal, et ils pourraient choisir de le faire comme pour le premier, tout discrètement, comme l'occasion se présente.

– C'est très bien d'échafauder toute cette histoire, dit David, mais avez-vous la moindre idée de comment le premier aurait pu être buté ? Il s'est noyé, selon le rapport d'autopsie. Vous ne pouvez pas ignorer ce fait.

– D'accord, mais quelqu'un aurait pu l'assommer et ensuite mettre tout en route.

– Le corps ne portait pas de traces et n'avait pas été déplacé, contra David. D'après le rapport. C'est ça qui a fait décider la police pour un suicide. Pas de traces suspects sur la voiture non plus.

– Okay, on va y réfléchir. Ça doit être possible tout de même, il suffit d'avoir la bonne astuce. Ça doit exister, un moyen d'assommer quelqu'un sans laisser de traces.

– Même une drogue aurait été détectée dans le sang, rappela David.

– D'accord, Monsieur le scientifique. On va y réfléchir.

– Dis, demanda Corentin tout à coup. Il n'a pas de points faibles, ton maire ? Quelque chose qui pourrait être utilisé comme prétexte ?

– Ben, j'en sais rien. Vous pensez à quoi au juste ?

– Ben, une maladie de cœur par exemple, comme ça s'il avait une crise cardiaque personne ne soupçonnerait rien.

– J'en sais rien. Je peux toujours demander à ma mère. Mais supposons qu'il a un problème au cœur, et qu'il meurt d'une crise cardiaque, cela ne prouverait rien, car les deux autres sont morts de trucs totalement déconnectés.

– Réfléchissons. Bon, pour l'instant, la noyade on la met de côté, mais l'accident de voiture était provoqué par quoi ?

– Il avait trop bu dit le rapport.

– Hm. On l'a peut-être poussé à boire.

– Je ne pense pas. D'après ma mère, on aurait plutôt voulu partir tout de suite de Banne. C'est lui qui a voulu boire un coup.

– D'accord. On va y réfléchir, dit Cédric. Je suis sûr que quelqu'un avec un mobile assez puissant trouverait un moyen. Et puis justement, il faut faire dans la diversité pour éviter les soupçons.

– Okay, vous me le direz lorsque votre film sera prêt ! rit David, se disant qu'après cette bonne après-midi, il allait passer une excellente soirée avec ses parents à rigoler de toutes ces sottises.

DIX

    Tandis que Pauline vaquait à ses occupations en tant qu'adjointe, Christophe s'éloigna un temps de tout ce qui concernait le conseil municipal, à l'exception d'une réunion quinze jours avant Noël au cours de laquelle Christel Brossorian et Didier Colomb en vinrent presque aux mains concernant les travaux à Brahic, dont la première tranche allait commencer dès le mois de janvier. Cédric Albanel se leva et tonna de toute sa puissance, les appelant par tous les noms d'oiseaux possibles, et même d'autres que Christophe ne connaissait pas. La secrétaire de mairie resta bouche bée, son stylo suspendu en l'air.

    – Nom d'un chien ! hurla Albanel lorsqu'il eut épuisé les oiseaux. Les foutus travaux sont programmés depuis des lustres, ils vont se faire ! Et je vais personnellement monter à Brahic le jour de leur démarrage pour m'assurer que personne ne les salope ! Et il vaudrait mieux pour toi, Christel, que tu ne t'y trouves pas, est-ce clair ? acheva-t-il en direction de l'élue.

    – Quoi ? Tu m'accuses de vouloir les saboter ? C'était maintenant le tour de Christel de se mettre debout.

    – Ras-le-bol ! La voix d'Henri Perrier, un conseiller qu'on entendait rarement s'exprimer, empêcha Albanel de répondre. Assieds-toi, Christel, et tais-toi. Tout ce que tu veux faire c'est semer la zizanie. En quoi ces travaux à Brahic te concernent ? Ils étaient programmés avant notre arrivée, ils sont nécessaires, ils sont financés. T'habites un quartier coquet, tu permets que d'autres puissent en avoir un aussi ? Ou est-ce que tu es tellement enfoncée dans ta pseudo-anarchie que tu ne veux rien pour personne ? D'autres que toi, entendons-nous. T'as la même mentalité que ces énarques à Paris ! Bouchée.

    Il y eut un petit silence.

    – Purée ! chuchota Edith Bazin.

– Je suis d'accord avec toi, Henri, dit Yves Rogier. Naves est joli. Nous avons vachement embelli Chassagnes. Chacun son tour. Ils ont bataillé pour Brahic, et ça pendant des années. Ils méritent leurs subventions et je ne vois vraiment pas pourquoi tu t'acharnes à crier contre, Christel.

– Merci, murmura Colomb. Mais avant que les travaux commencent, je t'invite à venir faire un tour, Christel. T'es pas venue pour le mai. J'habite au centre, je vois passer du monde et à ma connaissance tu n'y es jamais montée. Et vu que j'ai un jardin plus bas sur la route qui monte, je vois les voitures passer. La tienne, je ne l'ai jamais vue. Et ta voiture, on la connaît, Christel.

Il finit sa phrase sur un ton trompeusement doux et avec un sourire qui aurait pu passer pour gentil, mais étant donné le genre de voiture élégante que Christel affichait, personne n'était dupe.

Christel s'apprêtait à répondre, mais Albanel plaqua ses mains sur la table, faisant sursauter plusieurs personnes.

Ça suffit ! On en est aux questions diverses....

– Moi, je voudrais parler du terrain à Chassagnes, dit tout à coup Claude Balme.

– Purée, chuchota Edith de nouveau.

– Quoi, purée ? demanda Claude.

– Tu va recommencer avec ce terrain ?

– Non, je ne recommence pas, on n'a jamais réglé la question.

– Si, la réponse est non, on ne va pas permettre ce parc de loisirs, dit Jacques Viole. Je pensais que c'était clair.

– Bon, on ne va pas discuter de ça maintenant, dit Albanel d'un ton sec tout en regardant sa montre. Il se fait tard, et je veux traiter les deux sujets qui ont déjà été prévus.

– Bon sang, mais c'est important ! protesta Balme

— Pour qui ? demanda Edith Bazin. Le propriétaire a fait part de son projet et nous l'avons refusé. Ce n'est pas approprié à cet endroit-là. Il faut qu'il cherche un autre terrain.

— Mais …

— Ça suffit ! dit Albanel. J'ai dit qu'on ne va pas discuter de cela ce soir !

— Pétard ! Vous me faites suer ! Vous n'êtes qu'une bande d'enfoirés attardés !

Claude Balme repoussa son fauteuil avec grand bruit, ramassa ses affaires et quitta la salle en claquant la porte.

Un silence régna. Dix minutes plus tard la réunion se terminait sur des « Bonnes fêtes de fin d'année » un peu gênées.

— Pour le reste de l'année je ne veux plus rien entendre concernant le conseil municipal, dit Christophe en quittant la mairie avec Pauline. Celle-ci ne dit rien.

*

Pendant les jours qui suivirent, il photographia avec plaisir la venue du Père Noël à l'école maternelle et à la crèche, fit le tour des communes associées pour leur arbre de Noël, et assista à la distribution aux enfants, par le Père Noël, des goûters offerts par le Club d'animations vanséen, puis se prépara à passer les fêtes en famille.

C'était au tour de ses parents de venir pour Noël et il alla les chercher à la gare de Montélimar. La famille passa les fêtes dans une ambiance relativement bonne, malgré quelques heurts entre les enfants et leurs grands-parents qui auraient voulu qu'ils passent plus de temps à la maison avec eux, plutôt qu'à l'extérieur avec leurs amis. Christophe promena ses parents dans la ville où ils remarquèrent divers changements apportés par la réhabilitation de plusieurs bâtiments sur la place Ollier et dans le centre historique.

– Quand je pense à comment c'était quand on est venu la première fois au début des années 80, dit Mme Weetsen.

– Tu dis ça chaque fois, Maman, commenta Christophe.

– On n'aurait jamais pensé qu'un jour tu viendrais y travailler.

– Tu dis ça aussi chaque fois.

– Les années passent si vite, tu sais Chris, dit son père. Alors on n'arrête pas de s'étonner. Tu verras quand tu auras notre âge.

– Oui, mais quand même, regarde ce centre commercial avec la belle route qui va directement à la route d'Aubenas, ajouta Mme Weetsen. Qui aurait pu deviner qu'un jour on trouvera un centre qui ressemble autant à ce qu'on trouve dans les villes ? Tu te rappelles, Philippe, il n'y avait que Super U et c'était toujours bondé. Et maintenant, on trouve aussi un Carrefour, comme chez nous.

– Mouais, tu sais tu as déjà fait les mêmes commentaires la dernière fois qu'on est venu, répondit Monsieur Weetsen. Tu commences à radoter.

Cette dernière remarque fut prononcée sur un ton léger, mais Christophe décela un point d'irritation chez son père.

– Ici ça fait toujours trop bétonné à mon goût, ajouta ce dernier.

– Ils ont fini par planter des arbres, dit Christophe. Ils pousseront. Et les gens fleurissent les balcons des appartements en face en été. C'est très joli. Vous savez, en été, la ville est très fleurie.

– Ah, il fait trop chaud pour moi maintenant en été ! soupira sa mère.

Son père soupira à son tour, mais, d'après l'expression sur son visage, ce n'était pas pour les mêmes raisons. Christophe examina à la dérobée sa mère. Elle vieillissait, et plus rapidement que son père, on dirait. Cette pensée le remplit de tristesse.

En rentrant à la maison ils trouvèrent les deux jeunes agglutinés à un jeu vidéo. Leurs grands-parents essayèrent sans succès de les en détourner. Puis Pauline rentra de son travail et déposa son sac lourdement sur le bahut.

− Ben, il nous embête ! J'ai eu un coup de fil. On ne peut même pas avoir des fêtes de fin d'année tranquilles !

Christophe toussa. Veux-tu parler d'Albanel, par hasard, ma chérie ?

− Oui.

− Je ne veux pas le savoir. Je t'avais dit que je ne voulais pas entendre parler du conseil avant la fin de l'année. Il reste encore deux jours. Alors s'il te plaît, tu vas râler ailleurs.

Monsieur Weetsen leva la tête de sa revue.

− C'est vraiment aussi moche que ce qu'en dit Chris ? demanda-t-il.

− Ah, non, Papa, s'il te plaît ! protesta Christophe.

− Ça dépend de ce que tu veux dire par moche, répondit Pauline.

− Est-ce qu'il t'a raconté que les maires tombent comme des mouches, Papy ? demanda David émergeant de son jeu.

− Tombent comme des mouches ? Comment ça ?

David se frotta les mains. On va tout t'expliquer.

Christophe se leva.

− Dans ce cas je m'en vais, dit-il quittant la pièce pour se réfugier dans le bureau à l'autre bout du couloir.

Il mit de la musique, prit un livre, s'assit et posa ses pieds sur le bureau. Deux minutes plus tard, il entendit des pas qui montaient rapidement l'escalier et la porte juste au-dessus claqua.

Voilà Tiphaine qui doit en avoir ras-le-bol aussi des divagations de David et ses amis, pensa-t-il.

L'idée était amusante mais sa place était plutôt dans un livre ou un film, et entendre son fils la ressasser sans fin devenait lassant.

Christophe réfléchit à la nouvelle année qui commençait jeudi. Ses parents repartaient le lendemain, et lundi c'était déjà le retour à l'école. Les vacances avaient passé rapidement. Il n'y avait pas eu de reportages à faire, c'était une période tranquille, comme d'habitude. Il voyait déjà quelques rendez-vous notés pour le début du mois, dont la traditionnelle cérémonie des vœux du maire. De toute évidence, malgré les restrictions budgétaires, on n'allait pas abolir ce genre d'événement. Au fur et à mesure des années, on avait juste rogné sur le contenu du verre de l'amitié, d'après Francine Arpin. Elle se rappelait l'époque où cela pouvait constituer un véritable repas, avec salés et sucrés assez somptueux. Christophe n'avait jamais vu ce genre de buffet, qui remontait à presque 15 ans. Le verre de l'amitié des vœux était maintenant simple, et se résumait à un apéritif, quoiqu'un peu plus festif que ceux qu'on pouvait voir pendant le reste de l'année.

Et puis à l'école, il allait falloir peaufiner l'organisation de la classe de neige dont ses élèves bénéficiaient cette année et voir comment aider certaines familles à financer le déplacement. Déjà l'Amicale Laïque avait donné une subvention substantielle qui permettait de réduire le coût. Et en ce qui concernait sa propre famille, même si la nouvelle année apportait son lot de changements, avec Tiphaine entrant au lycée et David quittant certainement le berceau familial afin de poursuivre ses études, dans le fond la vie suivrait son chemin tranquille tracé depuis quelque temps.

ONZE

Le jour du retour à l'école, Les Vans se réveilla sous une couche de neige, à la joie des enfants qui habitaient à l'extérieur du bourg, comme à Brahic dont les routes étaient coupées en attendant le passage du chasse-neige. Christophe, comme les autres enseignants de l'école primaire, se retrouva devant une classe réduite, ce qui n'était pas sans certains avantages. Quant à Tiphaine, elle put également bénéficier d'effectifs réduits, certaines communes éloignées se trouvant isolées par la neige sur les routes. Mais les grands axes furent déblayés rapidement, et David prit le car pour Aubenas avec seulement une heure de retard.

– Salut ! Bonne année ! Meilleurs vœux !

Les salutations fusèrent à chaque arrêt du car qui faisait monter d'autres lycéens.

– Alors, vieux, dit Corentin Courroux, ç'a été les vacances ?

– Bof, répondit David. On a eu les grands-parents. Et vous ?

– Rien de particulier. C'est nous qui sommes partis chez eux en Champagne.

Cédric Courroux consultait un carton qu'il avait tiré de sa poche.

– Dis, tu sais que ta date limite arrive bientôt.

– Oui. David sourit grandement. Mais pour l'instant le maire est encore en place, et en très bonne forme. Je pense que je vais perdre.

– Qu'est-ce que vous allez faire avec l'argent ? demanda Marine Rousset.

Corentin et Cédric se regardèrent.

– En fait, on n'y a pas encore pensé.

– Et puis, vous avez mis quelle échéance ?

– Pour l'instant on laisse courir, mais je pense que si c'est toujours – comment il s'appelle déjà ?

– Albanel.

– Si Albanel est encore en vie à Pâques on arrêtera. Tu peux toujours rejouer si tu veux.

– Non merci, une fois ça suffit, dit David. Tu as parié, Marine ?

– Ben, oui, quand même, pourquoi pas ? Mais je n'ai rien dit à mes parents. Et toi ?

– Non plus. Je leur ai juste parlé des idées farfelues des jumeaux. Ils n'ont pas apprécié au début, mais après, je pense qu'ils les ont trouvé assez drôles. Surtout mon père.

– Je n'en ai même pas parlé à mes parents. Pas la peine, dit Marine. Il est cool, ton père, je trouve.

– Ah bon ? Bof.

– Tu as les mêmes cheveux que lui, sauf pour la couleur. J'aime bien.

– Ah bon ?

Jusque-là David avait trouvé un peu embêtant d'avoir des cheveux légèrement bouclés, car il n'arrivait jamais à les coiffer comme il voulait, mais à la lumière des paroles de Marine, il se mit à les considérer avec un peu plus de bienveillance. Si Marine les aimait bien…

*

Le manteau blanc sembla mettre un voile de quiétude sur la ville. Malgré les difficultés qu'elle engendrait, la neige était appréciée pour sa beauté et ses possibilités de jeu. Malheureusement, aux yeux d'aucuns, elle ne durait jamais longtemps aux Vans, et le vendredi soir venu, une grande partie avait disparu et on se préparait à reprendre la vie normale.

Deux jours plus tard, il neigea de nouveau et cette fois la couche promettait de durer bien plus longtemps, surtout en ce qui concernait la banlieue et les communes associées sur les hauteurs.

– Hm, dit Pauline, regardant par la fenêtre. Je me demande si Cédric va repousser ses vœux.

– Oh, tu sais, d'ici vendredi, il ne restera plus grand-chose. Et les repousser posera un problème car les cérémonies de toutes les autres communes dans le canton sont bien alignées dans les plannings maintenant.

Effectivement le vendredi le peu de neige qui restait n'éloigna pas ceux qui avaient eu l'intention de venir à la cérémonie. Christophe et Pauline arrivèrent peu après l'heure indiquée. C'était une des occasions où Christophe pouvait se permettre d'arriver en retard, car il n'y avait aucun risque que la cérémonie commence avant une bonne demi-heure, le temps que tout le monde arrive. Le quart d'heure ardéchois doublait de longueur en pareille occasion !

Christophe et Pauline allèrent chacun de leur côté, une fois les manteaux ôtés, et se promenèrent dans la salle, saluant leurs connaissances respectives. Puis Christophe suivit le maire afin de ne pas être pris de court lorsque celui-ci commencerait son discours. Il salua en passant le conseiller général.

– Vous allez parler cette année ? lui demanda-t-il.

– Hm, je ne sais pas s'il va me donner l'occasion celui-là, grommela le conseiller.

– Pour deux membres du même parti, vous ne marchez pas la main dans la main.

– Non, effectivement. Je le soupçonne de vouloir se porter candidat lors des prochaines élections cantonales. Il fait tout pour créer une scission au sein de notre groupe.

– Ah bon ? Christophe jeta un œil vers Albanel qui se dirigeait d'un pas décidé vers la petite estrade aux couleurs de la ville qu'il avait fait installer. Ah, je pense que ça va commencer.

Les deux hommes allèrent se mettre dans des positions stratégiques, le conseiller général se positionnant à côté des adjoints, et Christophe devant la foule, légèrement sur le côté afin de capter un maximum de personnes dans l'image. Après quelques prises, il zooma sur le petit comité autour du maire. Il y avait maintenant trop de conseillers municipaux pour que cela puisse être une bonne photo, à son avis. Cela faisait foule.

Le discours ne contenait pas d'informations très joyeuses, Albanel se concentrant d'abord sur le budget à préparer et l'état des finances du bourg. Certains des projets qui avaient été prévus allaient devoir passer à la trappe pour l'année à venir. Seules les associations qui projetaient des animations importantes concernant la ville, son patrimoine et les enfants, allaient recevoir des subventions et ce dans la mesure où ces événements exigeaient de grosses dépenses pour des activités qui n'allaient pas rapporter de l'argent. Une vague d'agitation parcourut la salle.

Albanel se tourna ensuite vers les projets qui devaient s'achever pendant l'année, dont enfin les hôpitaux, félicitant la municipalité pour son dévouement dans l'aboutissement des travaux. En jetant un coup d'œil vers le conseiller général, Christophe vit que ce dernier n'était pas très content. Ce projet qui relevait totalement de l'ancien conseil général avait été repris par la région, et s'il n'avait pas abouti avant ce jour, c'était uniquement dû aux querelles internes du conseil municipal empêchant la région d'agir. Quant à la station médicale, son succès était tel qu'il avait finalement été décidé qu'elle resterait Place du Quai, un endroit central et facile d'accès à pied, au lieu d'être transférée dans l'enceinte de l'hôpital, ce qui nécessiterait systématiquement un moyen de transport.

Suivirent ensuite quelques paroles sur les bons débuts de la zone artisanale, puis des félicitations à l'équipe municipale qui se montrait dévouée et compétente et enfin, quelques paroles sur les malheureux événements au sein du conseil. Mais on commençait à se lasser, les gens se mettaient à discuter, un signe sûr que le discours avait assez duré. Après encore quelques mots, Albanel clôtura ses propos en souhaitant santé et réussite à tous pendant l'année, puis invita l'assemblée à partager le verre de l'amitié.

Le conseiller rougit puis pâlit et pinça ses lèvres de colère. Personne ne lui prêta attention dans la ruée vers les tables. Après avoir échangé des paroles avec quelques personnes il quitta la salle.

– Oops, commenta Christophe s'approchant de Pauline. Albanel l'a snobé en public, le conseiller. Il est parti.

Pauline soupira.

– Parfois je désespère. Il y a des moments où les politiques se conduisent comme des enfants. Bon, oublions-les, et partageons ce verre de l'amitié. Oh, excuse-moi, on veut me parler.

Elle s'éloigna et Christophe se fit remplir un verre et picora dans les assiettes. Puis il circula dans la salle, conversant avec les uns et les autres. Presque tous les maires des autres communes du canton étaient présents. Normalement, il partait après un petit moment, mais cette fois il n'était pas seul, et il ne savait pas combien de temps Pauline allait rester. Il ne s'était jamais demandé jusqu'à quelle heure ça durait. Devant le bouchon autour des tables créé par les irréductibles, certains conseillers circulaient avec des plateaux de petits fours et de caillettes, d'autres avec des plateaux de kir. De temps en temps, Christophe croisa le maire en conversation avec un de ses administrés. Il ne se privait pas de se servir sur les plateaux qui lui passaient sous le nez. Christophe fut amusé de voir son expression devant une mini pâtisserie qui s'envola dans la main de sa femme, juste au moment où il tendait la sienne, ainsi que l'expression de réprobation de la part de celle-ci.

– Ma foi, soupira le maire à la personne à côté de lui, lorsque sa femme se fut éloignée. Ma femme me surveille tout le temps. Elle voudrait m'obliger à suivre un régime draconien, sans plaisirs, elle ne comprend pas que je n'ai pas besoin de faire cela. C'est pénible à la fin. Ah ! Merci Claude. Il prit une pâtisserie du plateau que tenait Claude Balme. Laisse le plateau avec moi, il n'en reste pas beaucoup.

– Mais enfin, Cédric ! rouspéta Claude avec un sourire.

– On se le partagera, dit Albanel, indiquant son voisin.

– Non merci, je n'aime pas trop ce genre de chose, dit ce dernier.

Albanel l'honora d'un grand sourire, et entreprit de démolir le contenu du plateau. Il vit Christophe et le lui tendit. Vous en voulez un ?

Christophe prit un petit millefeuille et mordit délicatement dedans, avant d'avaler le tout. Il grimaça légèrement.

– Ah ? dit Albanel. Ce n'est pas bon ? Cela m'étonnerait. Je me régale.

– C'est peut-être le contraste avec la caillette. Ça fait trop sucré tout d'un coup.

Le maire opina de la tête. Effectivement. Quand on saute de l'un à l'autre, ça fait cet effet.

Christophe s'éloigna et se promena autour de la salle, se demandant combien de temps il allait devoir rester, car maintenant il commençait à s'ennuyer sérieusement. Il voyait que Pauline était souvent interpellée. La salle était un brouhaha indistinct, les alcools ayant rendu les participants fort joyeux. Les gens ne montraient aucun signe de vouloir partir. Christophe soupira. Il croisa les yeux de sa femme à un moment donné et elle vint vers lui.

– Tu vas rester encore longtemps ? lui demanda-t-il.

– Non, en fait ça fait un moment que j'essaie de partir, mais il y a toujours quelqu'un qui voudrait me parler.

– De choses importantes ?

– Pour eux, oui.

– Ça concerne ton boulot de conseillère ? Dans ce cas, dis-leur de te téléphoner la semaine prochaine. Tu es trop gentille, des fois, tu sais.

– Je vais dire au revoir à Cédric tout de même.

Elle traversa la salle pour retrouver Albanel qui racontait une blague à quelqu'un. Il ne semblait pas trop stable sur ses pieds. Pourtant il ne buvait pas comme Bernard Desmadjian. A son approche, il sortit un mouchoir et s'épongea le front.

– Il fait chaud ici, tu ne trouves pas ? dit-il.

– Oui, un peu. Ça va ?

– Oui, j'ai peut-être mangé trop de gâteries pour une fois. Il tituba et grimaça. Je pense que je vais prendre l'air un peu. Et qu'est-ce que j'ai soif !

Pauline tendit la main pour attraper un verre de jus de fruit qui circulait sur un plateau, le passa au maire qui le but d'un trait et s'épongea de nouveau le front.

– Je t'accompagne, dit-elle. De toute façon, je venais pour dire bonsoir. Cela s'est bien passé, n'est-ce pas ?

Le maire ne dit rien et avant que Pauline puisse réagir il s'effondra par terre. Ce fut la panique totale et le maire prostré fut entouré du monde. Marthe Albanel arriva en courant et dut pousser pour atteindre son mari. Elle s'agenouilla à côté de lui en même temps que Claude Balme qui tâta son pouls, puis entreprit de fouiller ses poches.

— Vite ! cria Marthe, il faut mesurer son taux de glycémie ! C'est dans sa poche.

Elle prit un petit étui et en sortit une tigette. Le test fut vite fait et elle poussa un cri. Mais qu'est-ce qu'il a fait ? Je lui ai dit d'arrêter de manger !

Fébrilement elle lui entrouvrit la veste pour révéler une petite boite accrochée à la ceinture.

— J'appelle les secours, dit Claude, sortant son portable.

— Oui, mais il faut lui donner un bolus et vite ! Oh, mon Dieu, mais qu'est-ce qui s'est passé, le réservoir est vide !

— Tu sais la remplir ? demanda Claude.

— Bien sûr, mais tout est à la maison ! Et on ne peut pas attendre. Il va falloir lui faire une injection. Il a toujours une seringue sur lui au cas où. C'est dans un autre étui dans sa poche. Oh, mon Dieu ! Je ne comprends pas, il n'a pas vérifié avant de partir ?

Elle commençait à paniquer. Tout en appelant les secours, Claude fouilla dans les poches de Cédric et en retira un étui qu'il ouvrit pour révéler la petite seringue en forme de stylo.

— C'est ça, souffla Marthe. Donne, donne !

Elle s'empara de la seringue, l'enfonça dans la peau de Cédric et appuya sur le piston. Ils attendirent mais le maire ne montra aucun signe de vouloir revenir à lui. Elle réinjecta encore une dose. Au loin, on entendit la sirène de l'ambulance des pompiers s'approcher et le véhicule vint s'arrêter près du bâtiment. Les explications furent rapides et sans perdre de temps l'équipe médicale embarqua Albanel et partit, emmenant Marthe et Claude Balme, la sirène hurlant à tue-tête.

Ceux restés dans la salle ne bougèrent pas pendant un instant, sous le choc. Puis Edith Bazin prit les choses en main et commença à débarrasser les tables. Comme si c'était un signal, les quelques personnes du public encore présentes partirent rapidement. Il ne resta bientôt plus que les trois adjoints et deux ou trois conseillers.

– Pétard, dit Michel Lelong. J'espère que ça ira pour Cédric.

– Il va être pris en main, normalement, oui, dit Christophe.

– Je ne veux pas jouer des rabat-joie, mais ce genre de crise peut être grave, dit Hadoub Bazazi. Mon cousin a le diabète. Je ne savais pas que Cédric portait une pompe. Mon cousin se pique.

– Le problème avec Cédric, c'est qu'il ne se comporte pas comme un diabétique, dit Jacques Viole. Donc on oublie. Je sais que Marthe s'inquiète parfois de ses excès. J'espère que ça ira.

– Qu'est-ce qui était prévu pour les restes ? demanda Edith indiquant les assiettes.

– Il ne reste pas grand-chose. Je suggère qu'on se les répartisse, dit Josette Creston.

*

Christophe et Pauline passèrent une soirée calme à la maison. Ils expliquèrent rapidement à leurs enfants ce qui s'était passé. David ne fit aucun commentaire, mais s'empara des petits gâteaux et disparut rapidement dans sa chambre, suivi de Tiphaine quelques minutes plus tard. Christophe se mit derrière son ordinateur pour traiter ses photos et écrire son article. Pauline tourna en rond. Puis son portable sonna. Elle vit le nom de Claude Balme s'afficher sur l'écran et décrocha.

– Cédric vient de mourir, dit Claude sans préambule.

DOUZE

David s'assit devant son ordinateur et se connecta à Internet puis tapa l'adresse des jumeaux dont la mâchoire tomba lorsqu'ils entendirent la nouvelle.

– Non, c'est une blague ! dit Cédric après un instant.

– Je voudrais bien, mais c'est la vérité. Mes parents viennent de me le dire. Ça s'est passé hier soir.

Il y eut de nouveau un court silence, puis Corentin se racla la gorge.

– Tu sais, on faisait ça pour rire, on n'y croyait pas vraiment. Comment est-ce arrivé ?

– Un coma diabétique. On n'a pas réussi à le réanimer.

– Il était diabétique ?

– Oui, il paraît. Ma mère n'en avait jamais parlé.

– Quel type de diabète ?

– Comment ça, quel type ? Le diabète, c'est tout.

– Il y a deux types, tu sais. Un qui arrive quand on est vieux et l'autre quand on est jeune.

– Et alors ? Ils sont différents ?

– Ben oui. Celui qu'ont les vieux peut être traité en surveillant simplement ce qu'on mange, et avec des cachets, mais l'autre qui arrive quand on est jeune est plus grave, et signifie qu'on doit se piquer tous les jours avec de l'insuline sinon on meurt.

– Ah bon ? Comment tu sais tout ça ?

– Un de nos grands-parents l'a, du moins le type 2, alors tout ce qu'il fait, c'est de ne pas manger trop sucré.

– Ah bon ? Pourquoi ?

– Parce que son pancréas ne sait plus bien produire de l'insuline pour gérer le sucre dans le sang, et alors ça donne des ennuis. Mais ceux qui se piquent, ça veut dire que leur pancréas ne marche plus du tout. Alors ils doivent s'injecter de l'insuline, et aussi faire attention à ce qu'ils mangent. Mais dis donc, tu ne te rappelles pas qu'on l'a étudié un peu en classe ?

— Ben non. Je ne sais pas quel type le maire avait. Mes parents ont dit qu'il est tombé dans les pommes, et qu'une pompe était vide.

— Alors il avait le type 1. Hé bé !

Les jumeaux restèrent silencieux de nouveau. Corentin disparut quelques instants puis revint avec un papier qu'il consulta. Il regarda son frère avant de se tourner vers David.

— Ben, mon vieux, tu avais mis le 3 janvier.

— Je pensais à un accident de ski, commenta David dont le cœur rata un battement.

— Y en a pas mal qui ont mis les vacances de février. Ils devaient penser pareil, et seulement quelques uns en janvier. Mais mon pote, c'est toi le plus près. T'as gagné le pactole.

David devint blême.

— Alors, maintenant on va attendre avec impatience de savoir qui sera le nouveau maire, dit Cédric.

— Assez fin, d'utiliser son diabète pour le tuer, dit Corentin.

— Arrête, dit David. C'est n'est plus très drôle. Et comment quelqu'un pourrait-il commettre un meurtre avec le diabète.

— Ah, facile ! D'abord, pourquoi est-il tombé dans les pommes ?

— J'sais pas, moi !

— Deux choses l'une, soit il avait trop de sucre, soit il avait trop d'insuline, l'un comme l'autre, ce serait facile à provoquer si on s'y prenait de la bonne façon.

David pensa tout à coup aux petits gâteaux qu'il avait mangés la veille, et qui avaient eu un goût fort sucré. L'assiette était encore dans sa chambre. Il souleva la serviette en papier qui les couvrait. Il en restait. C'est vrai que Tiphaine et lui les avait trouvés trop sucrés pour en manger beaucoup.

– Par exemple, si on lui faisait manger quelque chose de très sucré ? demanda-t-il.

– Peut-être. Je ne sais pas les quantités qu'il faudrait. Pourquoi ?

Tout à coup, David n'avait pas envie de parler des petits fours aux jumeaux. Il ne trouvait plus la situation amusante et il n'avait plus envie de donner à ses amis du combustible pour leur soi-disant scénario, car leur prochaine étape serait de désigner un coupable, et de lancer une nouvelle loterie. La blague avait assez duré.

– Ben, justement, j'vois pas comment quelqu'un pourrait faire ça sans qu'il s'en rende compte.

– C'est vrai, opina Corentin. On va se documenter sur les rouages. Je me demande si notre grand-père saurait.

– Je vous laisse, dit David. A lundi.

Il se déconnecta, quitta sa chambre et descendit au salon. Tiphaine s'y trouvait en train de regarder un feuilleton à la télévision.

– Les parents ne sont pas là ? demanda-t-il;

– Non. Ils sont allés voir Mme Albanel.

David tourna en rond dans le salon pendant quelques minutes puis remonta dans sa chambre où l'assiette de petits fours attira son regard. Il préférait croire à l'accident, il ne voulait pas suivre les jumeaux dans leurs divagations, mais c'est vrai que les gâteaux avaient été fort sucrés. Il en prit un et mordit dedans et garda le morceau dans sa bouche, analysant le goût.

Oui, même un peu durci, il était toujours horriblement sucré.

Et pourtant, j'aime les sucreries, se dit David, mais ça, c'est vraiment trop.

Il se brancha sur Internet et alla sur Google.

Christophe et Pauline n'étaient pas les seuls à rendre visite à Marthe Albanel qui était complètement effondrée. D'autres membres de la communauté étaient passés, et Dominique, sa fille aînée, était arrivée et s'occupait d'elle.

– Je ne comprends pas, répétait-elle sans cesse. Comment ça a pu arriver ? C'est pas possible !

Pauline s'assit à côté d'elle et lui prit la main.

– Si vite, poursuivit Marthe Albanel en larmes. Si vite ! On a tout essayé, on a tout fait ! Mais je ne comprends pas ! Comment ça se fait qu'il ne s'en est pas rendu compte ?

– Maman, dit sa fille avec difficulté, prenant l'autre main.

– Il vivait avec son diabète depuis l'âge de 16 ans, poursuivit Marthe. Il avait sa pompe depuis une quinzaine d'années. Il savait tout ce qu'il y avait à savoir. Comment a-t-il pu la laisser se vider comme ça ? Il la vérifiait tous les jours. Et quand il savait qu'il avait un repas spécial, il réglait le débit.

– Mais peut-être l'a-t-il fait pendant l'apéritif, Maman, et c'est pour cela qu'elle s'est vidée.

– Cela serait peut-être compréhensible lors d'un vrai repas, mais pas pendant un apéritif, tout de même ! pleura Marthe. Et puis, je lui ai fait une injection, même deux, et ça n'a rien fait !

– Il était déjà dans le coma, Maman, il fallait l'hospitaliser.

Marthe se leva subitement et alla chercher un sachet en plastique.

– Ils ont garder ses vêtements pour l'habiller, dit-elle en éclatant de nouveau en sanglots. Mais ils m'ont rendu tout ce qu'il y avait dans ses poches, et ses affaires de diabète.

Elle vida fébrilement le sachet sur la petite table du salon. Pauline et Christophe se sentirent gênés. Ils ne savaient pas s'ils devaient partir ou rester. Pauline croisa le regard de Dominique qui la supplia de rester.

– Son portefeuille, murmura Marthe le retournant dans sa main. Son agenda. Elle tourna les pages sans les voir.

Parmi les affaires sur la table se trouvaient des lunettes de lecture, un paquet entamé de mouchoirs en papier, un peigne, deux stylos, la pompe et ses accessoires et deux petits étuis, l'un contenant les tigettes et l'autre une seringue en forme de stylo.

– Qu'est-ce que je vais faire avec tout ça ? sanglota-t-elle.

– Tu verras ça plus tard, ce n'est pas important, dit Pauline, rassemblant les affaires médicales.

Marthe tendit la main et prit l'étui contenant la seringue. Elle l'ouvrit et sortit la seringue.

– On dirait un stylo, n'est-ce pas ? C'était très discret. Même l'étui. C'est bien fait, je trouve. On peut y mettre plusieurs doses. On appuie et une dose est injectée. Quand je l'ai connu, il était obligé d'avoir une petite bouteille d'insuline avec lui avec la seringue et de retirer la quantité désirée chaque fois. Il était content quand ils ont inventé le stylo. C'était un sacré progrès. Et ensuite la pompe. Il a trouvé ça libérateur.

Elle se tut et regarda le stylo, perdu dans ses pensées. Puis au moment de le ranger, elle eut un mouvement de surprise et l'examina attentivement.

– Mais je pense qu'ils se sont trompés à l'hôpital. Ce n'est pas le sien.

– Voyons, Maman, comment ont-ils pu se tromper ? Ils avaient toutes ses affaires. C'était dans sa poche.

– Je suis sûre que ce n'est pas le sien. Va en chercher un autre dans la salle de bains. Ton père garde tout son matériel du côté gauche de l'armoire. On a toujours des stylos de rechange, bien sûr, ajouta-t-elle en direction des Weetsen.

– Maman ! Enfin ! Ce n'est pas important !

Pauline fit un signe de la tête à Dominique. Ce n'était peut-être pas important, mais Marthe avait besoin de remplir son cerveau avec des petites choses, des détails qui permettaient de faire face à ce terrible événement auquel elle n'avait pas été préparée.

On entendit Dominique aller dans la salle de bains et ouvrir l'armoire puis la refermer et revenir. Pendant ce temps, Marthe enroula soigneusement le tuyau de la pompe autour de la boîte et l'attacha avant de remettre le tout dans le sachet.

Dominique tendit le stylo à sa mère. Marthe les plaça côte à côte sur la table. Aux yeux des Weetsen, ils étaient identiques.

– Ils se sont trompés, j'avais raison, dit Marthe. C'est pas la même marque. C'est écrit en tout petit, voyez. Cédric n'achète jamais cette marque. Il trouve que le piston est trop souple. Mais c'est pas grave, je le mettrai de côté pour l'instant. Je leur dirai. Il contient encore de l'insuline et ça pourrait servir.

Elle mit le stylo dans son étui et se leva pour le poser sur le bahut.

– De toute façon, moi, je n'ai plus besoin de tout ça maintenant, dit-elle en revenant.

Elle éclata de nouveau en sanglots.

*

– Comment va Mme Albanel ? demanda David à ses parents à leur retour.

– Pas bien du tout, comme tu peux imaginer, répondit Pauline. La pauvre femme !

Elle ne donna pas de détails sur la visite, et Christophe n'ajouta rien.

– Mais vous savez comment il est mort ? poursuivit David avec insistance.

– Oui, un coma diabétique causé par un taux de glycémie trop élevé. Il y avait beaucoup trop de sucre dans son sang. On n'a pas réussi à le réanimer. Cela arrive, tu sais, avec le diabète. Il ne faut pas jouer avec cette maladie. On doit éviter les sucreries.

– Oui, ça je sais. Il avait quel type ?

– Un. C'est celui où …

– Oui, je sais cela aussi. J'ai fait quelques recherches. Il se piquait donc.

– En fait, il avait une pompe.

– Ah, mais dans ce cas, il aurait réglé la pompe pour tenir compte du verre de l'amitié et les trucs qu'il allait manger, non ?

Christophe jeta un regard à son fils.

– En effet. Mais la pompe s'est vidée, ce qui a étonné Marthe, il faut dire.

David parut réfléchir.

– En fait il a peut-être vidé sa pompe en se donnant des bolus pour combattre le sucre contenu dans les gâteaux qui étaient plus sucrés qu'il n'aurait pensé au début, dit-il lentement.

Christophe hocha la tête. C'est fort probable, mais je ne sais pas comment ça marche en réalité. Qu'est-ce qui te fait croire qu'il aurait trouvé les gâteaux fort sucrés de toute façon ?

– Parce qu'ils l'étaient.

– Comment ça ? demanda Pauline.

– Ben, vous en avez rapporté une assiette hier soir.

– C'est vrai, ça. Je les avais complètement oubliés. Où sont-ils passés, d'ailleurs ?

– Je les ai montés dans ma chambre. J'avais un creux. Mais je n'en ai pas mangé beaucoup, et Tiphaine non plus, dit-il rapidement devant le regard réprobateur de sa mère. Impossible.

Ils sont écœurant, beaucoup trop sucrés. Je n'ai pu en manger que deux, et encore le deuxième a eu du mal à passer. Et tout à l'heure, impossible d'en finir même un.

– Etonnant de ta part, j'admets, dit Pauline.

– Tu ne les as pas jetés ? demanda Christophe.

– Non, ils sont encore dans ma chambre.

– Va les chercher, veux-tu ?

David disparut et on l'entendit monter l'escalier en courant.

– Pourquoi t'intéresses-tu aux gâteaux ? demanda Pauline à Christophe.

– Parce qu'effectivement j'en ai mangé un sur l'assiette que Cédric tenait et je l'ai trouvé fort sucré. Mais j'avais mangé une caillette juste avant cela. Cédric a justement fait la remarque que tout paraît très sucré après des salés, ce qui est vrai d'ailleurs. Mais je vais en goûter un à jeun, si on peut dire.

David revint avec l'assiette, et Christophe prit un petit four qu'il mangea lentement.

– Non, ça va. C'est même bon, quoi qu'un peu desséché.

– Ah oui ? Alors prend un bout de celui-ci, dit David indiquant un gâteau à moitié croqué.

– Mais enfin !

– Okay, je t'en casse un bout. Voilà.

Christophe prit le morceau et le mit dans sa bouche. Il fit presque aussitôt une grimace.

– Tu as raison. Tiens, Pauline, goûte un peu à ça.

Pauline mit le reste dans sa bouche et fit la même grimace que Christophe.

– Beurk, tu as raison, c'est écœurant. Et tu dis que l'autre était bon ?

– Ben oui.

– Intéressant, dit David. Il ne doit pas y en avoir beaucoup ici, parce que tous ceux que j'ai mangés étaient horribles.

– Mais tous ceux que j'ai mangés hier à la cérémonie étaient bons, dit Pauline. Et je n'ai entendu personne faire des remarques.

– Sauf moi, mais tu n'étais pas dans les parages, dit Christophe. Il y en a peut-être eu d'autres, mais quand on est poli, on ne dit rien. Après tout, les traiteurs ont une très bonne réputation.

– Et le pauvre Cédric est tombé sur les mauvais, commenta Pauline tristement.

Christophe remarqua que son fils semblait trépigner.

– Qu'est-ce qu'il y a, David ? demanda-t-il.

– Ben… David ne savait pas s'il devait parler à ses parents des idées qui lui avaient traversé l'esprit.

– Et puis, c'est quoi tout ce business avec les petits-fours ?

– Ben, écoutez, cela ne vous semble pas un peu bizarre que trois maires soient morts en si peu de temps ?

– Ah, te revoilà avec ces idées des jumeaux Courroux ! Christophe sourit.

– Je sais ce que vous en pensez. Oui, c'était drôle, j'admets. Mais quand j'ai goûté aux gâteaux, il y a eu quelque chose qui a fait tilt. C'était pas normal. Les traiteurs ne se seraient jamais trompés dans leurs ingrédients. Pas à ce point. J'sais pas moi, mais on ne ferait pas autant appel à eux s'ils n'étaient pas réputés pour être bons. Et puis, tous les gâteaux ne sont pas trop sucrés, et si c'est une question de hasard, comment ça se fait que c'est Monsieur Albanel qui les a eus ? Justement la personne qui ne doit pas manger ce genre de chose.

– Attends, tu ne …. Christophe ne finit pas sa phrase. Il lui vint en mémoire l'image de Marthe qui examinait la seringue.

Il blêmit.

– Chérie, dit-il, se tournant vers Pauline. Pourrais-tu demander aux autres qui ont emporté des assiettes comment étaient leurs gâteaux ? On n'était plus très nombreux, ça va être facile.

Pauline le regarda ahurie.

– Tu ne penses pas vraiment ce que je pense que tu es en train de penser, dis ?

– Si je te comprends bien, David, dit Christophe en guise de réponse. Tu te demandes s'il s'agit vraiment d'un accident en ce qui concerne Albanel. C'est ça ?

L'agitation de son fils devint plus forte.

– Euh ... c'est ça.

– Tu te fous de nous ! fit Pauline les yeux ronds.

– Peut-être, dit Christophe. Mais pour l'instant téléphone aux autres.

TREIZE

Les deux hommes s'attablèrent dans un coin à l'intérieur du café. Une musique, diffusée par des haut-parleurs éparpillés dans la pièce, couvrait les conversations. Christophe prit un demi et Hervé Rousset un café.

– Je ne t'ai pas gâché ton dimanche, j'espère, dit Christophe.

– Non. Si on fait quelque chose en famille, c'est plutôt l'après-midi. Mais tu aurais pu venir à la maison.

– Pas vraiment, comme je t'ai dit je voulais te parler en privé, et pour faire cela il aurait fallu aller carrément dans ton bureau à la gendarmerie et on aurait fait un commentaire. Mais là je peux te parler sans me faire remarquer.

– Okay. De quoi s'agit-il ?

Christophe ne sut pas comment aborder le sujet. Maintenant qu'il était sur le point d'en parler à quelqu'un d'autre que de la famille, cela paraissait tellement stupide.

Je suis ridicule, pensa-t-il. Est-ce que je prends vraiment au sérieux ce qu'une bande d'ados délurés s'échafaudent ?

Mais il lui suffisait de penser à Marthe et à la seringue pour se dire que ce n'était peut-être pas si stupide que cela.

– Alors ? demanda Hervé.

Christophe se racla la gorge.

– Bien, je vais te présenter les éléments que j'ai.

– Les éléments que tu as, voilà que je suis bien renseigné, dit Hervé avec un sourire amusé. Eléments de quoi ?

– Oui, bon, enfin. Je suppose que tu es au courant pour Cédric Albanel.

– Bien sûr. C'est quand même malheureux.

– Est-ce que tu savais qu'il était diabétique ?

– Non. Je l'ai appris en même temps que son décès.

– Et tu étais à la cérémonie des vœux, je t'ai vu.
– Oui. C'est normal d'y être. Pourquoi ?
– Qu'est-ce que tu as mangé à la soirée ?
– Bof, pas grand chose. Un verre de kir, une caillette ou deux, un petit four, et ensuite je suis parti. Pourquoi ?
– Tu les as trouvés comment ?
– Délicieux.
– Même le petit four ?
– Surtout le petit four. C'était un millefeuille. Les millefeuilles de ce traiteur-là sont de vrais délices.
– Effectivement. Normalement. Mais il se trouve que les gâteaux n'étaient pas tous de la même qualité. Je m'explique. Tu sais, je suppose, que Cédric Albanel est tombé dans un coma diabétique à cause d'une hyperglycémie.
– Oui.
– D'après Marthe, le taux de sucre était vraiment très élevé. Je me rappelle qu'elle avait été choquée en lisant le résultat du test qu'elle a fait sur place. Elle ne comprenait pas comment Cédric n'avait pas senti qu'il allait mal. Il portait une pompe et elle était vide, ce qui a également étonné Marthe. Cédric n'était pas du genre à négliger son traitement, il paraît. C'est vrai qu'il avait tendance à faire des excès, mais enfin rien à priori qui mettait sa vie en danger d'après ce que j'ai compris. Bon, après que l'ambulance l'ait emmené, on est resté en petit comité dans la salle et on a débarrassé, puis on s'est partagé les restes.

Christophe prit une gorgée de bière avant de poursuivre. Il voyait bien que Hervé se demandait où il voulait en venir.

– Le lendemain, on est allé chez Marthe pour présenter nos condoléances. Elle était vraiment bouleversée, c'était très pénible. Elle a confirmé que le taux de sucre dans le sang de Cédric avait été anormalement élevé. Les gens de l'hôpital avaient mis ses affaires dans un petit sachet qu'elle a vidé sur la table devant nous. La pauvre femme avait manifestement besoin d'occuper son esprit et de nous parler. Je me demande comment ça va aujourd'hui. Elle a remarqué que la seringue qu'on lui avait rendue n'était pas du type que Cédric utilise normalement. L'hôpital avait dû se tromper, disait-elle. J'avoue que je n'y ai pas prêté attention. Mais quand on est arrivé à la maison, David nous a parlé des gâteaux qu'on avait remportés. Il a dit qu'ils avaient un goût tellement sucré qu'ils étaient pour ainsi dire immangeables. Lui non plus n'aurait rien pensé, s'il n'y avait pas eu toute cette histoire que lui et ses copains avaient inventée à propos de nos maires.

– Là tu commences à me perdre. Quelle histoire ?

– Ne me dis pas que tu n'es pas au courant ! Marine ne t'a rien dit ?

– Au sujet de quoi ?

– Comment ça se fait que Marine ne vous a rien dit ? A moins qu'elle pensait que ça n'allait pas, puisque tu es flic.

– Gendarme.

– Oui, bon. Okay, petite parenthèse pendant que je t'explique. Tu connais les jumeaux Courroux, je suppose.

– J'en ai entendu parler. De futurs cinéastes, c'est ça ? Marine les traite de *calucs*.

– Elle n'a peut-être pas tort. D'après ce que j'ai entendu sur eux, ils me paraissent bien farfelus. Eh bien, après le décès de Desmadjian, ils ont concocté toute une théorie comme quoi on assassinait les maires. David nous en a raconté le scénario, et nous a dit qu'ils attendaient qu'Albanel y passe aussi. C'était une blague qu'on n'a pas trop appréciée d'abord, mais après on en a rigolé un peu. Je suppose que tout cela a pris une telle dimension chez eux que lorsque je lui ai dit qu'Albanel était mort d'hyperglycémie, il a sorti ce truc sur les gâteaux. J'ajoute qu'on ne lui a pas parlé de la seringue donc il ne faisait pas le lien avec ça.

– J'avoue que je perds le fil.

– Attend. Il nous a fait goûter les gâteaux, et même dans leur état desséché le goût sucré était toujours très prononcé. Mais tous n'étaient pas trop sucrés, il y en avait des normaux. Il a émis l'idée qu'on avait peut-être donné exprès au maire des aliments susceptibles d'augmenter son taux de glycémie à un niveau dangereux.

– Dois-je comprendre que David pense qu'on a assassiné Albanel ?

– C'est ça. Attend avant de dire quoi que ce soit. Il n'y avait pas beaucoup de gens qui ont remporté des restes. Alors Pauline leur a téléphoné pour savoir, discrètement, comment étaient les gâteaux. Il s'avère que chez deux personnes, ils étaient tous délicieux, et chez les autres il y avait quelques gâteaux plus sucrés que les autres.

– Okay, mais je ne vois toujours pas …

– C'est peut-être des sottises tout ceci, on se laisse gagnés par la folie de nos enfants, mais tout de même, j'aligne des faits bizarres : des gâteaux beaucoup trop sucrés, et crois-moi, ils sont exagérément sucrés, et une seringue qui n'appartient pas à Cédric, sans parler de la pompe qui s'est vidée trop vite … et puis n'oublie pas, c'est le troisième maire à mourir en peu de temps. Moi, je dis que ça vaut la peine de s'y pencher, ne serait-ce que pour éliminer cette hypothèse.

– Je vois. Je ne sais pas quoi penser. Ça fait rire, en fait.

– Oui, je sais. Bon, est-ce que tu peux faire analyser les gâteaux par exemple ?

– Quoi ?

– Ben oui. Juste pour voir exactement ce qu'il y a dedans. Nous pensons qu'il est possible de se tromper un peu dans les quantités, bien que des traiteurs aussi expérimentés ne feraient sûrement pas ce genre d'erreur. Mais au-delà d'une certaine quantité, on se dit que c'est impossible qu'il puisse s'agir d'une simple erreur. Ça doit être fait exprès. Tes experts dans les labos doivent pouvoir voir la différence.

– Ben, oui, je pourrais faire faire ça. Mais je ne sais pas quelle raison je donnerais pour demander l'analyse.

– Et puis, cette histoire de seringue. Marthe l'a mise de côté pour la rendre à l'hôpital, car il y a encore de l'insuline dedans. Mais moi je pense qu'il faut l'analyser aussi, et voir pour des empreintes etc. Si elle n'est pas à Cédric, il n'y aura pas ses empreintes dessus par exemple, mais il pourrait y en avoir d'autres, extérieures à la famille. Et est-ce que c'est vraiment de l'insuline qu'il y a dedans, je me dis.

– Je pourrais faire cela aussi.

– Il faudrait aller la voir avant qu'elle puisse la rendre à l'hôpital.

Hervé regarda Christophe sobrement.

– C'est une sacrée théorie que tu as là, tu sais. Tout ça parce que des gamins jouent au cinéma !

– Oui, ça fait un peu fou, n'est-ce pas, mais ce qui me fait froid dans le dos, c'est que si jamais ces analyses montrent que la mort de Cédric n'est pas vraiment un accident, qu'en est-il pour les deux autres ? Parce que quand même, trois maires depuis septembre, ce n'est pas banal.

Jusque-là, Hervé avait eu l'apparence d'un homme ordinaire détendu en train de bavarder avec un copain un dimanche matin. Il devint soudain un policier. Christophe n'aurait pas pu expliquer la différence, mais elle était visible à ses yeux.

– Tu as encore des gâteaux chez toi ? demanda le gendarme.

– J'ai mieux, je les ai avec moi. Voilà.

Il sortit de sa poche un sachet contenant plusieurs gâteaux et une assiette en carton.

– J'ai mis l'assiette, je ne sais pas si on peut faire quelque chose avec.

– On verra. Je vais demander aussi un examen du corps par nos services scientifiques. Et je vais aller voir Mme Albanel. Elle va devoir retarder un peu l'enterrement.

– Tu vas lui dire ce que tu fais ?

– Non. Et tu gardes tes soupçons pour toi, hein ? Et David aussi.

– Oui, bien sûr. A ma connaissance il n'en a pas parlé aux jumeaux.

– Que cela continue comme ça alors.

Christophe rentra lentement à la maison, réfléchissant à sa conversation avec Hervé Rousset.

Tout de même, pensa-t-il. J'espère qu'on a tout faux.

QUATORZE

En début de soirée, le portable de Pauline sonna. Elle regarda le nom qui s'afficha et décrocha.

– Oui, Claude ?

– Ecoute, Pauline, cela risque de te paraître rapide, mais je pense qu'il faut reconstituer le conseil et convoquer une réunion. Il faut penser à élire un nouveau maire.

Pauline jeta un regard tellement ahuri à son appareil que Christophe lui fit signe de mettre le haut-parleur.

– Tu as raison, Claude, je trouve un peu rapide de vouloir tout faire maintenant, répondit Pauline. Cédric vient juste de mourir.

– Oui, mais tu sais qu'il y a des dossiers importants qu'il faut régler. On a besoin d'un maire pour cela.

– Ah bon ? Je ne vois rien qui ne puisse attendre.

– Sans parler du budget qu'il va falloir préparer.

– On a jusqu'à la mi-mars pour cela. Je pense qu'il faut attendre un peu avant de procéder à l'élection d'un nouveau maire.

– Pourquoi ça ?

Christophe lui fit des signes de se taire, et Pauline réfléchit rapidement.

– Au moins attendons d'avoir enterré Cédric, dit-elle à Claude. Tu sais, je pense qu'on est tous un peu choqués, surtout ceux qui étaient encore dans la salle lorsqu'il s'est effondré. Je n'arrive pas à oublier. Tu sais, j'étais juste à côté de lui quand c'est arrivé.

Christophe hocha la tête pour approuver ses propos.

– Hm, dit Claude. Mais au moins on pourrait reconstituer le conseil, en faisant entrer Pierre-Edouard Termes. C'est lui le prochain sur la liste.

– Mouais, opina Pauline. Mais tu n'as pas besoin de convoquer une réunion pour ça.

– Non, certes. Mais je pense qu'il ne faut pas trop traîner après. On ne sait même pas quand aura lieu l'enterrement de Cédric. J'ai parlé avec Marthe. Elle ne sait pas quand ça sera.

– Ah bon ? Pauline et Christophe échangèrent de nouveau un regard.

– Non. L'hôpital garde le corps pour l'instant. Elle ne sait pas trop pourquoi. En fait, c'était assez difficile d'avoir une conversation cohérente avec elle.

– Ben, la pauvre femme, tu imagines, elle était avec lui ! Ça a dû être affreux !

– J'ai parlé avec les autres adjoints, poursuivit Claude Balme. Edith pense comme toi, qu'il faut attendre. Pierre ne sait pas trop, il me dit de faire comme bon me semble. En tant que 1er adjoint, c'est à moi de prendre les choses en main pour l'instant.

– Oui, je sais. Mais enfin, tu sais… personnellement, j'aimerais qu'on attende.

Il y eut un petit silence. Pauline imagina Claude en train de réfléchir.

– Bon, okay, on fait comme ça. Je ferai entrer Pierre-Edouard et j'informerai tout le monde par mail, et puis on attendra que l'enterrement ait eu lieu.

– Je pense que ce serait la meilleure chose à faire, dit Pauline. Tu sais, il s'est quand même passé de drôles de choses depuis les dernières élections…

Du coin de l'œil, elle vit Christophe qui lui faisait non de la tête.

– ... Trois maires en peu de temps. On est vachement secoués.

– Oui, bien sûr. Mais peut-être est-ce terminé, et tout va rentrer dans l'ordre. Tu sais, « jamais deux sans trois ».

– C'est pas drôle, objecta Pauline.

– Non, je suis d'accord. C'était de mauvais goût. Désolé. Bon, je te laisse. A bientôt.

Pauline ferma son portable et regarda Christophe.

– Je me demande ce que Hervé a pu dire à Marthe, murmura Christophe. Manifestement cela a marché, et il a même fait en sorte qu'elle soit incapable de donner des explications claires. Ta réaction était très bien, parce que bien sûr, elle est en état de choc.

– C'était un couple assez uni, tu sais, dit Pauline.

Des pas dans l'escalier indiquaient que David quittait enfin sa chambre.

– On mange quand ? demanda-t-il, passant la tête par la porte.

– Bientôt.

– J'ai faim. J'ai bien bossé.

– Dis, David, fit Christophe, j'espère que tu n'as rien dit à tes copains au sujet de notre conversation hier.

– Non, non. Ne t'inquiète pas. Je les connais, ces jojos. Tant que c'était une blague ça allait, mais maintenant, ça fait peur. Tant qu'on ne sait pas, je ne vais rien dire. Mais après, évidemment, si on l'a vraiment tué, ça va se savoir partout, alors je les laisserai délirer.

– Ça prendra combien de temps à Hervé pour savoir si les gâteaux ont été trafiqués ? demanda Pauline.

Christophe haussa les épaules.

– En fait, c'est la seringue qui m'intéresse plutôt que les gâteaux, dit-il. On sait qu'ils sont trop sucrés, mais si la seringue n'était pas à Cédric, premièrement qu'est-il arrivé à la sienne, et deuxièmement je me demande si c'était vraiment de l'insuline que celle-ci contenait.

– C'est quoi cette histoire de seringue ? demanda David.

Après une légère hésitation Christophe lui expliqua rapidement.

– Il n'y a pas que ça, dit Pauline lentement. Si la seringue n'est pas la sienne, et qu'il en avait toujours une sur lui en cas de besoin – tu te rappelles qu'elle a dit cela, Marthe – eh bien, on a dû l'échanger. Qui a pu faire ça, et quand ?

– Quelqu'un qui était au courant, manifestement, dit David.

– Ma foi, dit Pauline. Moi, j'étais au courant qu'il était diabétique et qu'il avait une pompe, mais c'est tout. Je n'ai pas cherché plus loin. J'imagine que c'est le cas pour beaucoup de monde.

*

Christophe attendit quelques jours avant de relancer Hervé Rousset, qui ne montra pas beaucoup d'entrain à le voir.

– Ecoute, dit Christophe, je sais tenir ma langue. En tant que correspondant, j'entends beaucoup de choses, mais je ne dis pas tout dans mes articles et en tant que personne privée, j'agis comme n'importe qui à qui on parle en toute confidence. Je ne porte pas toujours ma casquette de presse. En ce moment, c'est moi, citoyen lambda et surtout ami, qui te parle. Où en es-tu donc avec les analyses ?

Hervé se leva pour fermer la porte de son bureau.

– Bon, dit-il, pour les gâteaux, c'était facile. Effectivement le taux de sucre est exagérément élevé. C'est comme si on avait mis 200 gr de sucre pour 100 gr de farine. Mais certains des gâteaux contenaient un dosage correct, ce qui nous donne à penser que, soit le traiteur ne prêtait pas attention à ce qu'il faisait et a eu la main lourde, soit il a fait une fournée spécialement préparée, soit on a ajouté le sucre après dans des gâteaux spécifiques.

– Serait-ce possible, la dernière option ?

– Je ne vois pas pourquoi pas. Surtout si on ajoute les résultats de l'analyse du contenu de la seringue.

– Ah ?

– La seringue ne contenait pas de l'insuline, mais un sirop de sucre.

– Quoi ?

– Du pure sucre. Et, effectivement, aucune trace des empreintes d'Albanel. Par contre, des empreintes d'autres personnes.

– Ben, je sais pertinemment que Marthe l'a manipulée. Elle lui a injecté des doses. Mon Dieu, la pauvre femme, elle était en train de l'empoisonner encore plus. Elle a contribué à sa mort.

– Malheureusement, oui. Alors vois-tu, il aurait été facile d'injecter du sirop de sucre dans les gâteaux.

– Je vois.

– Ce qui nous donne des pistes à suivre. On a aussi examiné de près la pompe.

– Quoi, tu as réussi à l'emporter aussi ? Quelle excuse as-tu donnée à Marthe ?

– En fait, j'ai eu affaire à sa fille Dominique et je lui ai dit que je voulais épargner à sa mère le désagrément de devoir se rendre à l'hôpital, et que je ne comprenais pas pourquoi on lui avait rendu des affaires qui ne la concernaient plus. Ce n'était pas comme s'il s'agissait de ses effets vraiment personnels. Et j'ai tout embarqué. La fille n'a pas fait d'objection. Je pense que tout le monde était encore tellement sous le choc que j'aurais pu dire n'importe quoi, la seringue et les autres affaires étaient le dernier de leurs soucis. Et en fait, il y a un minuscule trou dans le tuyau à la sortie de la pompe, ce qui fait qu'une partie de l'insuline se perdait à l'extérieur à chaque coup de la pompe. Donc elle s'est vidée plus rapidement que d'habitude.

– Un trou ?

– Oui, un trou, pas une déchirure.

– Mais il aurait senti quelque chose d'humide sur sa peau ou sur ses vêtements, non ?

– On a donc regardé cela. J'ai fait examiner le corps et les vêtements par notre médecin légiste et la brigade scientifique. On a trouvé des traces d'insuline sur la ceinture de son pantalon, là où était accrochée la pompe. A présent, on va rendre le corps à Madame Albanel et elle va pouvoir organiser l'enterrement.

– Et ?

– Et on ouvre une enquête, car effectivement, il s'agit d'un homicide. Pour l'instant tu n'en parles pas, s'il te plaît. Je pense qu'on fera l'annonce après l'enterrement. Cela nous donnera un peu de temps pour observer l'entourage.

– Et je ne peux rien dire à Pauline ou à David ?

Hervé fronça les sourcils.

– A Pauline d'accord, mais pas à David.

– Il va vouloir connaître la vérité. Il est au courant de tout, étant donné que c'est lui qui m'a mis sur la piste.

– Peut-être, mais il y a ses amis.

– Pour l'instant, il ne leur en a pas parlé.

Hervé fronçait toujours les sourcils.

– Et à la lumière de tout ceci, qu'est-ce que tu penses de la mort des deux autres maires ?

– Nous allons nous pencher sur la question. Et pour cela, on va commencer en posant quelques questions à Pauline, car elle a été témoin de l'accident de Monsieur Desmadjian.

– Il y a Elisabeth Garnier qui est toujours à l'hôpital. Elle saurait encore mieux, elle était dans la voiture de Vidal.

– Oui, je sais. Mais elle est encore très malade et elle a du mal à se souvenir des événements. Mais pas un mot à quiconque de tout ceci non plus, s'il te plaît. En dehors de Pauline, ajouta-t-il avec un soupir, voyant que Christophe ouvrait la bouche pour protester.

– D'accord. J'avoue que ce n'est pas très rassurant tout ça.

– Non. Et tant qu'on n'est pas fixé, ce serait bien que le conseil municipal marque le pas au niveau d'un nouveau maire.

– Pauline s'en occupe, mais je ne sais pas combien de temps elle va réussir à repousser l'échéance.

– On informe le Préfet, bien sûr. Il saura certainement ce qu'il faut faire.

– Oh, oui. Ben, merci Hervé.

C'était d'un pas lent qu'il traversa le bourg et remonta la rue jusqu'à la maison. Il croisa les doigts, et espéra qu'on ne trouverait rien de suspect dans la mort de Vidal et de Desmadjian.

*

C'était le troisième maire qu'on portait au cimetière dans un court laps de temps. La famille d'Albanel était protestante et c'était donc au petit temple rond que l'on se rassembla. Le pasteur fit de son mieux pour accommoder toutes les personnes, mais finalement, malgré le froid, on laissa ouvertes les portes, afin que ceux qui étaient restés dehors puissent entendre le culte, qui ne dura pas trop longtemps heureusement. Marthe

Albanel était très entourée par sa famille, mais sa peine était profonde. Les membres du conseil municipal étaient tous présents, sauf Elisabeth Garnier bien sûr, et aux yeux de Christophe leur silence n'avait pas la même qualité que lors des deux précédents enterrements. Cette fois, ils semblaient frappés par la stupeur.

En regardant autour de lui, Christophe se demanda si l'assassin se trouvait parmi l'assemblée. A croire les feuilletons policiers à la télévision, le tueur assistait généralement à l'enterrement. Qui donc, dans cette foule, avait voulu éliminer Cédric ? Les notables étaient présents en grand nombre, les « habitués » aussi malgré le changement de bâtiment et de foi. Christophe avait remarqué que certaines personnes se trouvaient toujours à n'importe quel enterrement, voire messe. Il y avait la famille proche et moins proche ainsi que des gens qu'il ne connaissait pas. Rien dans le comportement de tout ce monde ne semblait suspect à ses yeux. Il vit que Hervé Rousset observait les gens aussi. Leurs yeux se croisèrent.

Il s'approcha de lui à la sortie du temple.

– Eh bien, que vas-tu faire maintenant ? lui demanda-t-il.

– Nous avons informé le procureur de la République. Il saisira le juge d'instruction qui déléguera certainement l'affaire à la section de recherche de Grenoble dont on dépend, car il s'agit d'une affaire importante. On verra quelqu'un débarquer de Privas probablement.

– Et quand vas-tu annoncer la cause de décès de façon officielle ?

– Aujourd'hui même. J'ai préparé une déclaration pour la presse. Elle est où, Mme Arpin ?

– Là-bas, en train de parler avec Edith Bazin.

– Bien, si vous pouvez passer à mon bureau tous les deux après le cimetière. Je vais aller le lui dire.

Christophe se demanda comment la correspondante de l'autre journal allait réagir en apprenant la nouvelle.

– Après, dit-il à Rousset, ce ne sera plus moi qui suivrai l'affaire, ce sera repris par quelqu'un de l'agence. Donc on pourrait en parler en tant qu'amis.

– On verra.

Après le passage au cimetière, Christophe fit part à Pauline du rendez-vous à la gendarmerie. Elle pâlit en entendant la raison.

– Tu ne dis rien à personne pour l'instant, d'accord ? lui dit-il. A tout à l'heure.

Il descendit la route vers la gendarmerie.

– Qu'est-ce qu'il nous veut ? demanda Francine Arpin en entrant dans le bureau de Rousset. Christophe ne répondit pas.

– Bien, dit Rousset. Je vous ai demandé de venir pour vous remettre la déclaration officielle de l'ouverture d'une enquête pour homicide volontaire, en ce qui concerne Cédric Albanel.

– Vous êtes sérieux ? demanda Francine, sa mâchoire tombant. C'est un meurtre ?

– Ça en a tout l'air.

Elle parut réfléchir en lisant le papier que Rousset lui avait remis.

– On dirait que quelqu'un aurait profité du décès des trois autres pour se débarrasser d'Albanel dans la foulée, dit-elle finalement. Comme ça, un meurtre passe inaperçu. Sauf que vous vous en êtes aperçu. Qu'est-ce qui vous fait penser que c'est un meurtre ?

– Quels trois autres ? demanda Hervé.

– Marc Faure est mort dans l'accident avec Bernard Desmadjian.

– Ah, oui, c'est vrai. Pour répondre à votre question, nous avons trouvé des éléments qui indiquent clairement qu'il s'agit d'un meurtre. Pour l'instant, nous ne donnons pas de détails pour ne pas léser l'enquête.

– Dommage.

– Mais puisque je vous ai dans mon bureau, Mme Arpin, dites-moi, vous étiez à la cérémonie des vœux, n'est-ce pas ?

– Oui, bien sûr.

– Et vous n'avez rien vu de bizarre ? Quelqu'un qui aurait eu un comportement bizarre ? Avant ou après le discours ?

– Heu …. Non, tout était comme d'habitude. De toute façon, après avoir mangé quelques trucs et bu un verre, je suis partie. Et à vrai dire, je ne sais même pas si j'aurais remarqué une personne en train de se comporter bizarrement, pas avec tout ce monde dans la salle.

– Ah, oui, Francine, pendant qu'on y est, interrompit Christophe, ignorant le froncement de sourcils de la part du Lieutenant. Malgré encore des coupures dans le budget, il n'avait manifestement pas réduit celui du verre de l'amitié. Ce qu'il a commandé cette année était bien dans la lignée des années précédentes, n'est-ce pas ?

– Oui, c'est vrai. Ni meilleure, ni pire. De toute façon, avec nos traiteurs, on est sûr d'avoir quelque chose de bon à mettre sous la dent, même si c'est simple. Délicieuses caillettes, bien sûr, et bons gâteaux.

Les deux hommes ne dirent rien pendant quelques instants, mais Francine n'avait plus rien à ajouter. Elle regarda de nouveau le papier entre ses mains, et Christophe et Hervé profitèrent de son geste pour se regarder. Christophe haussa ses sourcils comme pour dire, « Et voilà, elle n'est pas tombée sur des mauvais. Et comme ça, on a pu le savoir sans que tu lui mettes la puce à l'oreille ».

QUINZE

La nouvelle tomba comme une bombe.

Crénom des dioux ! Un meurtre ? Ici, aux Vans ? Et le maire en plus ? Pourquoi ? Comment ? Pétard ! La dernière affaire de meurtre dans le bourg remontait à la fin des années 1990 lorsqu'une ancienne mercière de 84 ans avait été poignardée chez elle. Cette affaire avait été enfin close en 2008. Mais tuer le maire ? Boudiou !

Les journaux se vendirent comme des petits pains et leurs sites Internet furent pris d'assaut.

Le lendemain de la publication de l'annonce, les jumeaux arrivèrent en trombe dans le car qui les emmenait à Aubenas et c'était David qui fut pris d'assaut.

– Ben, mon vieux, tu as peut-être gagné la cagnotte parce qu'il est mort, mais nous avons gagné le jackpot ! Tu parles ! Un meurtre ! On avait raison !

– Pour Albanel, certes, dit David, en fronçant les sourcils. Mais pas pour les autres.

– Parce que tu crois qu'ils sont morts naturellement ? Les jumeaux ne le croyaient manifestement pas.

– Non, le premier c'était un suicide, je vous rappelle, et le second un accident de voiture parce qu'il était ivre.

– C'est ça, dit Corentin. Mais on peut provoquer un accident de voiture. Et puis la théorie du suicide est basée sur l'absence d'éléments prouvant le contraire, pas parce qu'on le sait pour sûr. Si je me rappelle bien, tout le monde était étonné qu'il se suicide, non ?

– C'est vrai, avoua David.

– Et ta mère qui suivait dans la seconde voiture, elle n'a rien remarqué de bizarre ?

– Pas que je sache. Elle n'a pas fait de commentaires allant dans ce sens, pas devant moi en tout cas.

– Hm, dit Cédric. Alors, puisqu'on sait maintenant qu'Albanel a été assassiné, il faut trouver le coupable.

Et voilà, pensa David. Je savais qu'ils allaient en venir à ça. Heureusement que je ne leur en ai pas parlé avant. Et même, il faut que je tienne ma langue sur ce que je sais, d'après mon père.

– Le problème, poursuivait Corentin, c'est qu'on n'a pas de détails sur comment il est mort. C'est juste marqué enquête pour homicide. Tu ne peux pas nous aider, Marine ? demanda-t-il en se tournant vers la fille du Lieutenant de la gendarmerie.

– Ben non, justement. Je vous ai déjà dit que mon père ne parle pas de son travail. Secret professionnel oblige.

En réalité, pensa David, j'en sais plus qu'elle.

– Et ton père à toi, David ?

– L'affaire sera suivie par un journaliste de l'agence.

– Ah, dommage. Tant pis, on va devoir travailler avec ce que disent les journaux.

David poussa un soupir.

*

Personne n'osait briser le silence. Les élus qui avaient pu se rendre à la réunion convoquée par Claude Balme se regardaient, ne sachant pas trop comment réagir. Le siège du maire qu'avait occupé Cédric Albanel restait vide.

Le mot meurtre pesait lourd.

Les minutes s'écoulèrent puis Jacques Viole prit la parole.

– Bien, c'est toi qui prends les choses en main pour l'instant, Claude.

Claude Balme sembla sursauter.

– Heu ... oui, c'est vrai.

– Personnellement je pense qu'il faut attendre avant d'élire un nouveau maire, dit Pauline avant qu'il puisse suggérer quoi que soit.

Les regards se tournèrent vers elle.

– Et pourquoi ça ? demanda Michel Lelong.

– A cause de l'enquête.

– En quoi ça nous empêche d'élire un nouveau maire ? demanda Lelong.

– Officiellement, rien. Mais tout de même, je pense que ce ne serait pas bien. Je pense qu'il faut attendre d'avoir plus d'informations.

– Je ne vois pas le lien.

– Elle a raison, intervint Yves Rogier. Il n'y a aucune raison de se presser.

– Normalement, on doit élire un nouveau maire dans les quinze jours, insista Lelong.

– C'est exact, ajouta Balme.

– Peut-être, mais enfin... Je sais que la gendarmerie a informé le Préfet, dit Pauline. Je pense qu'il faut attendre sa réaction.

– On ne sait même pas pourquoi ils pensent que c'est un meurtre, dit Madelina Motta. Qu'est-ce qu'ils ont pu trouver ?

Une vague d'inquiétude fit le tour de la table.

– S'ils n'ont rien dit, c'est certainement pour le grand public, pour ne pas gêner leur enquête, dit Pierre Labalme, mais on pourrait leur demander des précisions, en tant qu'élus.

– Tu pourrais le leur demander, Claude, dit Lelong. C'est toi le premier adjoint.

— Mouais, opina Claude. Entre-temps, pour ce qui est des élections, il va falloir y penser.

— Huh ! fit Edith Bazin. Qui a envie de devenir maire, avec tout ce qui nous arrive ? Bon, je sais bien que les deux autres n'ont pas été assassinés, mais ça fait quand même trois maires en six mois. J'sais pas, moi, mais ça ne me donne pas envie de postuler.

— Sans parler du fait qu'il faut trouver des candidats compétents, ajouta Jean-Claude Barre. Moi, je sais qui je proposerais.

— Ah oui ? demanda Claude Balme. Qui ?

— Pauline.

— Quoi ? Pauline se retourna vers lui, abasourdie. Tu blagues, ou quoi ?

— Non, je te vois bien. Tu es sérieuse, tu fais du bon boulot, et je sais que les gens t'apprécient.

— Oui, mais enfin, de là à …! Pauline se tut.

— Il n'a pas tort, ajouta Edith. Tu devrais postuler.

— Non, mais enfin ! Pas question !

— Moi, je ne la vois pas comme maire, dit Lelong. D'accord comme adjointe, mais…

— De toute façon, coupa Claude Balme rapidement, on ne va pas aborder maintenant le sujet des candidats. Je dis simplement qu'il faut y réfléchir. Tout le monde. Avec un esprit ouvert.

Il regarda chacun des élus présents.

— On attend de savoir ce que pense le Préfet, d'accord ? Bon, c'est tout alors. Je propose qu'on continue de fonctionner comme d'habitude pour l'instant.

Quelques minutes plus tard, la séance fut levée. Pauline et Edith quittèrent ensemble la salle.

– Ben, tu sais, Claude et Michel vont certainement poser leur candidature pour être maire, dit Edith. Ils l'ont fait chaque fois.

– Sans doute.

– Et s'il y a une chose que je sais, c'est que je ne veux aucun des deux.

– Moi non plus, avoua Pauline.

– Il nous faut donc au moins une autre candidature sinon deux.

– Oui mais…

– En quoi sont-ils plus qualifiés que toi pour la tâche, de toute façon ? En fait, en tant qu'équipe, on est tous au même niveau, côté expérience. Après, c'est une question de feeling.

– Toi aussi tu pourrais postuler alors, dit Pauline. Tu es adjointe comme moi.

– Hm, j'sais pas...

Pauline sourit.

– Tu vois ? Ce n'est pas parce que quelqu'un propose notre nom qu'on est d'accord !

*

En ouvrant la porte Christophe trouva Hervé Rousset sur le seuil, accompagné d'un autre gendarme.

– Salut Christophe, dit Hervé. Je viens voir Pauline. Elle est au courant.

– Entre. Tu veux lui parler seule ?

– Oh, tu peux rester. Je viens lui parler de Desmadjian, et puisque tu n'étais pas dans les parages lors de l'accident, tu ne peux pas l'influencer.

Les deux gendarmes suivirent Christophe dans le salon. Pauline se leva pour les saluer.

– Bien, jeune homme, dit Hervé à David qui se trouvait affalé sur le sofa. Si tu pouvais nous laisser.

– Mais…

– David ! fit Christophe en fronçant les sourcils.

– D'accord, okay, j'y vais. Pas juste …

Christophe ferma la porte derrière son fils.

– Bien, Pauline, dit Hervé Rousset lorsque tout le monde était assis. J'aimerais que tu nous racontes exactement ce que tu as vu lors de l'accident de Bernard Desmadjian.

– Ce que j'ai vu ? Mais j'ai vu la voiture foncer dans le panneau.

– Oui, ça on le sait. Bon je vais te poser des questions. Si j'ai bien compris vous suiviez le véhicule dans celui de Jacques Viole, c'est ça ?

– Oui. J'étais allée à Banne avec Bernard, mais quand j'ai vu comment il descendait les verres de vin, j'ai changé de voiture. Bernard a démarré avant nous et donc il était devant.

– Et… ?

– Ben, rien. Il nous a devancé un peu sur la montée à la Chapelette, puis on l'a rattrapé, parce qu'il était obligé de ralentir pour la descente. Tu sais qu'on peut faire toute la descente sans avoir à utiliser les freins, si on va à la bonne vitesse. Jacques, lui, a tout simplement ralenti, mais Bernard a dû freiner une ou deux fois avant d'atteindre sa vitesse de croisière. Et on est resté derrière lui.

– Et tu n'as rien remarqué de bizarre dans sa façon de conduire ?

– Non, rien du tout.

– Alors comment s'est déroulée l'arrivée aux Vans ?

– On devait être à 50 en abordant le virage de La Barre. Moi, je passe toujours en troisième pour prendre ce virage sans freiner. Jacques, lui, est resté en quatrième et il a freiné, et Bernard aussi, et puis c'est en sortant du virage qu'il a commencé à zigzaguer. Il a freiné tout le temps, mais la voiture a fini par s'écraser contre le panneau. Heureusement qu'il n'y avait personne au rond-point, car il l'a traversé sans ralentir du tout.

– Quand tu dis qu'il a freiné tout le temps, comment le sais-tu, puisqu'il n'a pas ralenti ?

– Ben, les lumières des freins étaient allumées tout le temps. Donc il freinait.

– Et tu dis que la voiture n'a pas ralenti.

– C'est l'impression que ça donnait puisque Jacques avait donné un coup de frein en voyant les feux s'allumer. Donc on était en train de ralentir et la voiture de Bernard semblait filer tout droit devant. Du moins, c'est comme ça que je vois la scène.

– D'abord il zigzague et puis il file droit devant.

– Ben oui, il me semble.

– Et ses feux de freins étaient allumés comment ? Par à coups ?

– Heu … non, en permanence. Oui, c'est ça, tout le temps.

– Tu es sûre de ça ?

Pauline regarda vers le plafond, remémorant le retour de Banne dans sa tête.

– Oui, dit-elle après un petit moment. Je le vois bien dans ma mémoire. C'est comme ça que ça s'est passé.

– D'accord. Merci.

– Tu vas aller voir Jacques Viole ? demanda Christophe.

– C'est déjà fait. J'en viens.

– Et ?

Le Lieutenant hésita un instant.

– Bon sang, Hervé, je ne vais rien dire à personne !

– Il raconte la même chose, répondit Hervé finalement.

– On dirait que les freins ne marchaient plus, dit Christophe d'une voix basse.

– On va le savoir. Je vais faire examiner l'épave par notre section scientifique. Elle est toujours au garage. J'espère que le garagiste n'y a pas trop touché pour récupérer des pièces. En principe le bloc moteur est totalement inutilisable, donc toutes les pièces devraient toujours s'y trouver.

Rousset sortit son portable et fit deux appels, donnant des instructions.

– Elisabeth est la seule qui pourrait savoir ce qui se passait vraiment dans la voiture de Bernard, dit Pauline.

– Oui. On va essayer de la questionner. Bien, merci pour ton aide, Pauline. On va vous laisser.

Les gendarmes se levèrent.

*

David déguerpit rapidement, prenant les marches de l'escalier par trois. Il atteignit le palier juste au moment où la porte du salon s'ouvrit.

Une fois dans sa chambre, il s'assit sur le lit.

Purée, pensa-t-il. On dirait qu'on a trafiqué la voiture de Desmadjian. Le fait qu'il avait bu n'était qu'une coïncidence, finalement. Sa voiture aurait pu lâcher n'importe quand.

Il sentit ses cheveux se dresser sur la tête.

Avec Maman dedans ! Heureusement qu'il a bu, alors !

Il tritura son jean.

En fait, le fait que le maire avait un taux d'alcool élevé dans le sang a fait qu'on n'a pas cherché d'autres causes, se dit-il. Mais tout de même, la personne qui a trafiqué la voiture ne pouvait pas savoir qu'il allait boire ce jour-là !... A moins que si, et il comptait là-dessus pour que justement on ne cherche pas plus loin. Oh, c'est fin ! Il faudrait que je le dise.

Si tu fais ça, ils vont savoir que tu as écouté aux portes.

Oh, et puis, ils vont le trouver par eux-mêmes, ce sont tout de même des gendarmes ; ils ont l'habitude.

Oui, mais, si la personne savait que Desmadjian allait certainement boire ce jour-là, alors il connaissait son emploi du temps. Ce qui veut dire que c'était probablement quelqu'un dans son entourage !

Ses cheveux se dressèrent de nouveau.

Attends, Albanel a été tué lors de la cérémonie des vœux. Donc par quelqu'un qui connaissait son emploi du temps et avait manifestement préparé le coup. Comme pour Desmadjian. Ça doit être quelqu'un dans l'entourage des deux maires. Ça laisse beaucoup de monde. Et puis, quelqu'un dans l'entourage des maires est aussi dans celui de Maman !

Les blagues des jumeaux Courroux concernant le décès des maires devenaient de moins en moins drôles.

SEIZE

La deuxième nouvelle tomba le même jour qu'une pluie torrentielle et balaya la ville comme un tsunami.

Boudiou ! L'autre aussi, c'était un meurtre ? On aurait saboté sa voiture ? Comment ? Pourquoi ? Pétard ! Tuer deux maires ? Et encore, il y a les conseillers qui étaient avec lui ! On a voulu les tuer aussi ?

Les journaux disparurent des magasins de presse à la vitesse de la lumière, et les connexions sur les sites web battirent les records.

La télévision France 3 Rhône-Alpes débarqua, interviewa Hervé Rousset et Claude Balme, et effectua un micro-trottoir parmi les habitants qui se trouvaient dans la rue. Le reportage, réduit à quelques minutes, fut diffusé à l'heure du décrochage régional.

Claude Balme s'exprima au nom de tout le conseil municipal et fit part de l'horreur et de l'incompréhension ressenties devant de tels actes. Hervé Rousset resta très succinct, ne donnant guère de détails sur les raisons de l'ouverture de l'enquête concernant Bernard Desmadjian, et s'étalant plus longuement sur celle de Cédric Albanel, sans toutefois dévoiler les dessous de celle-ci.

– Pourquoi ne parle-t-il pas de la seringue ? demanda David.

– Sans doute pour que l'assassin ne sache pas qu'on est au courant, répondit Christophe. S'il sait qu'on a découvert qu'il y a eu un échange, il va couvrir ses arrières, alors que comme ça, il va penser qu'on se base uniquement sur le taux très élevé et les gâteaux suspects.

– Et c'est pour ça qu'il ne dit pas grand-chose pour la voiture de Desmadjian non plus ?

– Comment ça ?

– Ben, qu'on a peut-être bricolé les freins.

– Et comment sais-tu ça ? Ce détail n'est nullement mentionné dans la presse.

– Heu… euh…

– Tu as écouté aux portes quand le Lieutenant est venu, c'est ça ? demanda Pauline avec un soupir.

– Heu… ah… hem… David se tortilla sur sa chaise.

– J'espère que tu n'as pas ébruité tout ça à tes amis ! dit Christophe d'un ton dur.

– Non, non. Pas du tout. Je les laisse à leurs inventions. Je ne trouve plus ça très drôle.

– J'espère bien ! Et c'est heureux que Tiphaine soit au Wu Dao. Comme ça, elle ne le sait toujours pas. Bon sang, si elle avait été ici… Tu ne lui as rien dit au moins ?

– Non, non plus. Alors si on a saboté la voiture c'est quelqu'un qui s'y connaît. Ce qui t'élimine de la liste des suspects, Papa. Et toi aussi, Maman.

– Je ne pense pas qu'on y était, mais merci quand même pour cette information réconfortante. Mais tu as raison. Quelqu'un qui connaît les moteurs, et qui connaît aussi les dessous du diabète.

– Tu penses que c'est la même personne ? demanda Pauline.

Christophe haussa les épaules.

– Et pour Madame Garnier, elle n'est pas en danger ? demanda David.

– Pourquoi serait-elle en danger ? demanda Pauline.

– Ben, parce qu'elle était dans la voiture. Elle aura vu de ses yeux Desmadjian en train d'essayer de freiner. Elle pourra confirmer ça. Il a peut-être paniqué de ne pas pouvoir ralentir et elle aura tout entendu. Elle est un témoin direct. Et l'assassin pourrait vouloir l'empêcher de parler.

– Tu sais, puisqu'on sait que ça ne freinait plus, il n'y a plus rien à cacher, dit Christophe.

– Oui, mais tu oublies, lui, il ne sait pas qu'on le sait. Tout ce qu'il y a dans la presse c'est qu'on pense que la voiture est en cause d'après les témoins oculaires dans la voiture qui suivait.

– Peut-être, mais il sait que la police a récupéré l'épave et est en train de l'examiner, alors il va se douter qu'on trouvera.

– Mais ce n'est pas sûr. Il espère certainement que le moteur est tellement écrabouillé que la preuve sera détruite. Et dans ce cas, il voudra faire en sorte que tout danger soit écarté.

– Tu regardes trop de films, David, dit Pauline avec un soupir. On n'est pas à Los Angeles ici. On est au fin fond de l'Ardèche.

– Mais un assassin est un assassin, qu'importe le lieu.

– Okay, j'en toucherai un mot à Hervé, dit Christophe.

– Et puis, pour Vidal, on va rouvrir une enquête aussi ?

– Comment ça, Vidal ?

– Ben, puisqu'il y a maintenant deux maires de tués, c'est peut-être pas un suicide pour lui.

– David ! Tu exagères ! lança Pauline, choquée.

– Ben, je cite mes amis Courroux, qui disent que la théorie du suicide est basée sur l'absence d'éléments prouvant le contraire. Si je me rappelle bien, tout le monde était étonné qu'il se suicide, n'est-ce pas ?

Pauline et Christophe regardèrent leur fils avec stupeur. Puis Christophe se tourna vers sa femme.

– Il n'a pas tort, tu sais. Ça a peut-être même commencé avec Hugues. J'en parlerai avec Hervé.

– Et puis, Papa, à mon avis, c'est aussi quelqu'un qui connaissait l'emploi du temps des maires.

Christophe et Pauline se regardèrent de nouveau.

Hervé Rousset écouta Christophe sans broncher et resta silencieux un long moment.

– Bon, je vais te le dire, dit-il finalement, mais ça reste strictement entre nous, le juge d'instruction a déjà demandé la réouverture d'enquête en ce qui concerne Vidal. Il a fait le même constat. L'absence d'indices a fait qu'on a conclu à un suicide. Mais c'est vrai qu'il n'y a pas de preuve irréfutable allant dans ce sens ; d'après les quelques témoignages rien dans son comportement laissait à penser qu'il aurait pu faire ce geste, et le moyen utilisé n'était pas des plus ordinaires. On n'a rien trouvé sur le corps, aucune marque, et maintenant bien sûr, après tout ce temps, je ne sais pas si ce serait possible de trouver quelque chose. Mais enfin… On va réexaminer la voiture, mais je ne sais pas si elle va révéler quoi que ce soit. Elle aussi est toujours au garage pour récupérer des pièces. La noyade n'avait pas fait du bien aux parties électriques. Le juge a délégué l'affaire à la section de recherche de Grenoble, car il s'agit vraiment d'une affaire importante.

– Tu sais qui viendra ?

– Ce sera probablement le Capitaine Lecaulmes. Il est assez efficace. S'il y a quelque chose qui cloche dans l'affaire Vidal, il le trouvera. C'est vrai aussi que la conclusion de suicide a fait qu'on n'a pas fait d'enquête et procédé à des interrogations. Quant à tout le reste, ton fils a des idées qui sont les mêmes que les nôtres. Il n'a pas envie de faire carrière dans la police par hasard ? Alors en ce qui concerne Mme Garnier, on a demandé une liste des personnes qui lui ont rendu visite et la fréquence des visites. On a des agents qui la surveillent en permanence de toute façon, et si nécessaire on la fera changer d'établissement. Je pense d'ailleurs qu'on va pouvoir enfin la questionner. Elle retrouve la mémoire de ce qu'elle a fait ce jour-là.

– Et au niveau des suspects, vous n'avez personne en tête ?

– Tu penses sérieusement que je te le dirais si c'était le cas ? Il suffit de dire qu'il y en a plein qui remplissent les critères, et là aussi, ton fils ne manque pas de perspicacité. Dis-moi, comment vont les choses au sein du conseil municipal en ce moment ?

– Difficile. Ils sont maintenant divisés sur la question de l'élection d'un nouveau maire. Il y en a qui veulent attendre et d'autres qui veulent en élire un autre tout de suite. Mais la situation est effrayante, et je pense qu'il y en a pas mal qui ont justement peur. Je t'avoue que j'ai peur pour Pauline, parce que la suite logique des élucubrations de David est l'inclusion des élus eux-mêmes parmi les suspects.

– Je ne te le fais pas dire, avoua Hervé Rousset qui garda pour lui-même la suggestion du Capitaine qu'ils étaient même en première ligne. Le préfet est au courant des nouveaux développements bien sûr, poursuivit-il. A mon avis, il va suspendre le conseil pendant les investigations.

– Suspendre le conseil ?

– Oui, par arrêté motivé. Mais la suspension ne peut pas dépasser un mois.

– Mais… que fait la ville alors pendant ce temps ?

Hervé haussa les épaules.

– Ce ne sera pas la première fois que cela arrive et ce ne sera pas la dernière.

*

L'arrivée de la section de recherche dans la ville ne passa pas inaperçue, et Christophe eut du mal à faire comprendre aux gens qui ne cessèrent de lui poser des questions que ce n'était pas lui qui couvrait l'affaire pour le journal, donc il n'était pas dans une position de pouvoir leur répondre. Il leur suggéra d'essayer de parler avec ledit journaliste. Il savait qu'on n'arriverait à rien avec ce dernier non plus, et qu'en fait c'était bien lui-même qui en savait le plus.

Charles Lecaulmes n'était pas très loquace. C'était un homme de petite stature dans la quarantaine, célibataire car ne se donnant pas le temps d'avoir des loisirs où il aurait pu rencontrer âme sœur. Il aimait être envoyé dans d'autres villes. Il trouvait Privas agréable et la campagne environnante magnifique, mais partir ailleurs était presque comme des vacances, même si c'était pour le travail. Il était déjà venu en Basse-Ardèche pour une enquête à Joyeuse et bien sûr il avait fait un saut aux Vans – ou plutôt du Serre de Barre, attaché à une toile de parapente.

Il avait passé les deux premiers jours à se familiariser avec les dossiers de Desmadjian et d'Albanel, et il était rapidement arrivé à la conclusion qu'il fallait revoir celui de Vidal. Il comprenait que sur le coup, on écarte l'idée d'un meurtre en l'absence d'éléments suspicieux. Mais à la lumière des deux morts suivants, qui s'avéraient après examen être des meurtres, c'était raisonnable de réexaminer les circonstances de la mort du premier maire.

Pour l'instant, se dit-il, l'assassin avait travaillé avec soin, surtout en ce qui concerne Vidal, si c'était bien un meurtre. Pour les deux autres maires, il s'était basé sur leurs points faibles pour construire ce qui ressemblait à des accidents de parcours. Mais d'une part, il avait fait une petite erreur de jugement avec les outils en ce qui concernait Albanel, et d'autre part, cela faisait un peu trop de maires qui décédaient en peu de temps pour être vraiment crédible.

Entre parenthèses, bien qu'ayant écouté en silence le récit de Rousset, Lecaulmes trouvait amusant le fait que des lycéens aient monté tout un scénario dès le deuxième décès qui s'était finalement avéré être la vérité.

Pour l'instant le mobile restait un mystère total. Il n'avait trouvé aucun lien entre les maires sauf le fait qu'ils étaient tous des maires – hormis Marc Faure, mais aux yeux de Lecaulmes on pouvait selon toute vraisemblance ranger celui-ci dans la rubrique « dommages de guerre ». Ce n'était ni lui, ni Elisabeth Garnier, qui n'était « que » blessée, qu'on visait. Le seul point commun dans leur mort était le fait qu'elle leur était arrivée alors qu'ils vaquaient à leur boulot d'élu. Même Vidal. Il avait reçu un appel téléphonique, selon les dires de la veuve, et il était parti à la mairie chercher un dossier. C'était suffisant pour que Charles Lecaulmes décide que l'assassin était un proche de la mairie.

Le fils du correspondant de presse locale pensait que l'assassin devait connaître l'emploi du temps des maires. Lecaulmes était d'accord. Cela impliquait en premier lieu un employé de la mairie et même un autre élu. Bien sûr il était possible pour un quidam de se procurer ces renseignements, et dans ce cas, on se souviendrait certainement de demandes exigeant des précisions non seulement sur l'emploi du temps mais aussi sur la personnalité et les habitudes de chaque maire. Les interrogations prévues apporteraient la réponse. Mais dans son for intérieur, et d'après ses tripes, son « gut feeling » comme disaient les Anglais, un assassin qui avait préparé avec tant de soin son affaire ne voudrait pas attirer l'attention en posant un tas de questions. Lecaulmes penchait pour quelqu'un de la maison.

Il commença donc par interroger tous les employés de mairie, et élimina rapidement la théorie d'un membre du public qui aurait téléphoné ou serait venu se renseigner sur le maire – du moins auprès des employés – qui, soit dit en passant étaient, dans la grande majorité, dans l'incapacité de dire ce que faisait le maire de son temps. Quant aux points faibles, si beaucoup de gens savaient que Desmadjian était porté sur l'alcool, peu avaient été au courant du diabète d'Albanel. Par contre, presque tout le monde savait que Vidal passait souvent sa voiture entre les rouleaux du lavage auto. Lecaulmes biffa des noms de la liste de suspects au fur et à mesure de ses questions.

Une partie de la capacité de Lecaulmes de boucler ses affaires rapidement, et avec succès, tenait dans son talent à poser des questions qui paraissaient anodines, mais qui donnaient lieu à des réponses très éclairantes. Il savait que sa petite stature le faisait paraître inoffensif et il en profitait. Les personnes interrogées ne voyaient pas la machine à calculer qui tournait à toute vitesse derrière l'expression aimable qu'arborait son visage.

En épluchant les dossiers, il construisit méthodiquement une arborescence sur un tableau dans le bureau qu'on lui avait donné, puis une série de fiches de travail qu'il abattit comme des cartes au fur et à mesure de son enquête. Le Lieutenant Rousset vint consulter le tableau régulièrement et Lecaulmes nota ses commentaires. Rousset était un homme de terrain observateur. Pendant que l'enquête avait été de son ressort, il avait déjà accompli un travail de recherche sur différents points, en ce qui concernait le bourg et ses environs.

Ainsi on savait qui avait recours à des seringues, en dehors du secteur médical, et surtout les seringues en forme de stylo, et les dates de vente dans les pharmacies. Tout paraissait en règle de ce point de vue. Les habitués n'avaient aucun lien avec Albanel de près ou de loin, et aucun achat inhabituel n'avait été effectué. Le problème restait l'Internet, car on pouvait aussi, si on était diabétique, se les procurer par vente directe, ce que faisait Albanel, d'ailleurs. Mais ce n'était pas un problème insoluble, estima Lecaulmes, car on avait les références de la seringue meurtrière. Dans un sens Internet facilitait le travail de recherche, car tout y était répertorié, plus que l'on pensait d'ailleurs. Voilà pour l'affaire Albanel.

En attendant, on passait la voiture de Desmadjian au crible à la recherche d'empreintes, de poils ou de fibres que l'assassin aurait pu laisser. Même s'il portait des gants il pouvait déposer d'autres indices à son insu. Les techniques et les machines des services scientifiques étaient maintenant tellement avancées, qu'on pouvait faire parler pratiquement tout échantillon, qu'importe sa taille. Là aussi Internet jouait un rôle, car il permettait l'accès à des bases de données impensables il y a quelques décennies.

Restait le dossier Vidal. Les tripes de Lecaulmes lui disaient qu'il ne s'agissait certainement pas d'un suicide. Il téléphona à Mme Vidal et prit rendez-vous.

Reprenons au début, se dit-il en se rendant chez la veuve du premier maire à décéder.

DIX-SEPT

Maryse Vidal fit entrer le Capitaine et lui proposa une tasse de café qu'il accepta bien volontiers. Tout en la buvant il regarda une photo du couple posée sur le bahut.

– Bon, dit-il, comme je vous l'ai dit, nous rouvrons le dossier en ce qui concerne votre époux. Je vous avais demandé de garder cette information pour vous, pour l'instant.

Mme Vidal se tortilla légèrement sur son siège.

– Ah vrai dire, j'en ai touché un mot à Pauline Weetsen. Elle m'a dit qu'elle n'était pas étonnée, vu ce qu'on sait pour les deux autres. Mais elle le gardera pour elle.

Lecaulmes hocha la tête. Le couple Weetsen semblait au courant de beaucoup de choses et pour l'instant ne pipait mot. Il soupçonnait le Lieutenant de tenir Weetsen au fait, mais ayant épluché les dossiers, il se dit que ça pourrait s'avérer utile tant que le correspondant gardait le silence. De toute façon, il aurait à parler à la famille Weetsen dans le cadre de cette enquête.

– Je comprends, dit-il maintenant pour mettre Mme Vidal à l'aise. Parfois on a besoin de se confier.

– Oui, c'est vrai, et Pauline est très bien. Elle sait écouter et apporter du réconfort. Elle est appréciée par beaucoup de monde, vous savez. Edith pense qu'elle devrait se porter candidate pour être maire.

– Edith ?

– Mme Bazin. Elle est quatrième adjointe au conseil municipal. Pauline est deuxième adjointe, vous savez. Ça pourrait être une bonne chose pour Les Vans d'avoir une mairesse, mais Pauline n'a pas tellement envie de postuler. De toute façon, en ce moment, je pense que personne ne veut être maire. Hormis Claude et Michel, disons. Mais même eux doivent être en train de réfléchir.

– Claude et Michel ?

– Oh, désolé. Claude Balme et Michel Lelong. Je dis ça parce qu'ils ont posé leur candidature chaque fois. C'est Claude qui assume les fonctions pour l'instant, puisqu'il est premier adjoint.

– Je vois. Et Lelong serait troisième adjoint alors ?

– Ah non, ça c'est Pierre Labalme. Michel n'a jamais réussi à se faire élire adjoint.

Lecaulmes notait tous ces renseignements dans son calepin. En fait il était au courant de la composition du conseil municipal, bien sûr, mais jouer à l'ignorant permettait de récolter des informations qui pourraient s'avérer intéressantes.

– Bien, Mme Vidal, pour revenir à votre époux. Pouvez-vous me raconter exactement ce qui s'est passé le soir de son décès ?

Maryse raconta pour la énième fois la dernière soirée qu'elle avait passée avec Hugues.

– Donc, on l'a appelé sur le poste fixe, confirma Lecaulmes.

– Oui. Il ne donne pas son numéro de portable à tout le monde. Et de toute façon, il préfère qu'on l'appelle d'abord sur le fixe. Et il a emporté l'appareil à la cuisine, pour ne pas me gêner. On était en train de regarder une émission à la télévision pour nous détendre et pour qu'il se calme. Pour une fois on regardait en direct.

– Donc vous n'avez rien entendu de la conversation.

– Non. Tout ce que je sais, c'est ce qu'il m'a dit en revenant.

– Et il n'a pas dit qui avait appelé.

– Non. Mais étant donné qu'il s'agissait d'une affaire qu'il traitait, ça devait être un administré, et donc, je n'avais pas à savoir.

– Donc il a juste parlé d'un dossier qu'il allait chercher. Il n'aurait pas pu attendre le lendemain ? C'était quand même tard.

– Oui, je sais. Mais il a dit qu'on viendrait le voir tout de suite le lendemain matin et il voulait avoir tout en tête. A mon avis, ça devait être un des dossiers où il y avait des problèmes, voire un litige.

Lecaulmes nota l'information avec intérêt.

– Tout de même, téléphoner à cette heure-là…

– C'est ce que j'ai pensé, mais enfin… Vous savez, il y a des gens qui pensent qu'un maire doit être disponible à tout moment de la journée.

– Je connais la chanson, dit Lecaulmes avec un sourire compatissant.

– C'est tout ce que je peux vous dire, dit Maryse Vidal en soupirant.

– Vous dites que vous regardiez la télévision pour qu'il se calme. Pourquoi devait-il se calmer ?

– La réunion informelle s'était mal passée. Oh, vous savez, ce n'était pas facile au conseil. Ce n'est pas un conseil uni. Il y a des membres des trois listes, et c'est très difficile de tomber d'accord sur des projets.

– Ça l'est toujours, donc ?

– Oui, d'après ce que me racontent Pauline et Edith. Elles passent régulièrement me donner des nouvelles d'Elisabeth. La conseillère qui était dans l'accident avec Cédric. Enfin, l'accident…

– Et cette réunion ce soir-là avait été difficile ?

– Oui, normalement il devait y avoir un verre de l'amitié pour la rentrée, mais finalement les uns et les autres sont partis en claquant la porte, alors on l'a annulé. En fait, il était de retour à la maison assez tôt, ce qui m'a fait plaisir, bien sûr, mais la réunion l'avait déprimé, c'est normal.

– Mais pas au point de vouloir se suicider ?

— Quelle idée ! Bien sûr que non. J'ai beau essayer, je n'arrive pas à être d'accord avec les conclusions. Rien du tout dans son comportement ne pouvait amener à penser qu'il se tuerait. Non.

— Et cette photo est récente ? Lecaulmes indiqua la photo sur le bahut.

— Oui, quelques semaines avant sa mort.

Lecaulmes se leva pour la regarder de plus près. Effectivement, rien dans l'expression n'indiquait que l'homme pouvait être en dépression. Même si la bouche souriait, les yeux pouvaient dire autre chose. Et même les sourires disaient plus que l'on pouvait penser. Là, pas de raideur, tout était clair et ouvert, le regard était franc, les yeux souriaient aussi.

— Alors, dit Maryse, interrompant sa réflexion, si vous rouvrez le dossier, c'est que vous pensez qu'il ne s'agit pas d'un suicide.

— C'est exact.

— La même personne qui a tué les deux autres a pu tuer Hugues aussi, c'est ça ? Dans un sens, cela me soulage.

Lecaulmes se tourna pour la regarder.

— Cela vous soulage ?

— Oui, parce que j'aurais eu raison de dire qu'il n'était pas déprimé. Les gens disent qu'on ne peut pas tout savoir d'une personne. Mais je pense que j'aurais tout de même su s'il était déprimé au point de vouloir se tuer. Il y a des signes, non ?

— C'est vrai. Mais c'est vrai aussi que parfois on ne les voit pas tout de suite. Bien, je vous remercie, Mme Vidal, vous avez été d'une grande aide.

— Je ne vois pas comment. Je ne vous ai certainement rien dit que vous ne saviez pas déjà.

Oh, que si, pensa Charles Lecaulmes.

Avant d'aller chez Mme Vidal, Lecaulmes avait déjà demandé un relevé de tous les appels entrants sur le poste fixe des Vidal. Le portable de Vidal avait été examiné au moment de son décès, mais aucun appel n'avait été enregistré de près ou de loin de l'heure fatidique, ce qui indiquait que le correspondant avait téléphoné directement au numéro fixe. Mais aux yeux de Lecaulmes, cela ne signifiait pas que le correspondant ne connaissait pas le numéro du portable, ce qui lui laissait avec deux hypothèses : soit on ne le connaissait pas, donc ce n'était pas quelqu'un de l'entourage du maire, soit on le connaissait, mais on avait choisi délibérément d'utiliser le fixe. Là aussi, on ne pouvait tirer aucune conclusion hâtive. Vidal préférait qu'on utilise le fixe avant le portable. Et il y avait aussi des gens qui n'aimaient pas téléphoner à un portable ; les opérateurs n'avaient toujours pas réussi à baisser le prix de l'appel au niveau de celui du fixe.

Le relevé qui l'attendait à son retour au bureau désignait un numéro local du type que l'on trouvait en pléthore aux Vans, et qui était en place depuis des années. L'agent qui avait effectué la recherche l'informa qu'il s'agissait d'une des cabines publiques situées sur la place Ollier. Il ordonna aussitôt la condamnation de la cabine, et fit venir une équipe scientifique.

Les agissements des gendarmes attirèrent tout de suite des curieux, mais ils ne répondirent pas aux questions posées. On téléphona à Christophe qui ne put s'y rendre, étant en classe. Il se doutait que cela devait avoir un lien avec les enquêtes et trépigna d'impatience pendant toute l'après-midi. Dès le départ du dernier enfant, il ramassa ses affaires et se dirigea d'un pas rapide vers la Place Ollier. La fourgonnette des services scientifiques était garée à l'intérieur d'un cordon interdisant l'accès à deux des cabines. Les spectateurs étaient nombreux à observer ce qui se passait.

– Oh, hé, Christophe, tu sais ce qui se passe ? héla l'un d'entre eux.

Christophe secoua la tête. Désolé. Moi aussi je viens voir.

Il s'approcha d'un des gendarmes qu'il connaissait.

– Salut Monsieur Weetsen, dit celui-ci. Malheureusement pour vous, on ne peut rien vous dire.

– Le Lieutenant est là ?

– Bien sûr, avec le Capitaine.

– Ah, le Capitaine ! C'est lequel ?

– Le petitou qui regarde.

Christophe tourna autour du cordon essayant d'attirer l'attention du Lieutenant. Lorsque enfin il réussit, celui-ci vint à sa rencontre.

– Eh non, Christophe, je ne peux rien te dire. Ici du moins, ajouta-t-il à voix basse.

– Tu sais, vous ne pourrez pas tenir le secret beaucoup plus longtemps. Les gens veulent savoir ce qui se passe.

– Je sais. Viens que je te présente au Capitaine.

– Ah, Monsieur Weetsen, enchanté, dit Charles Lecaulmes. J'ai l'intention de passer vous voir sous peu, vous et votre épouse.

– Quand vous voulez.

– Votre fils n'a pas désigné de coupable ?

– Quoi ?

– Je suis au courant de tout cela. C'est assez amusant finalement, du moins quand on le raconte. J'avoue que je trouve la situation tout sauf drôle.

– Et vous allez garder la réouverture du dossier Vidal secret encore combien de temps ? Je disais tout juste à Hervé qu'avec tout ceci, les gens veulent savoir ce qui se passe. D'ailleurs, j'aimerais bien le savoir moi aussi. C'est à voir avec Vidal ?

– Je ne répondrai pas à cette question. Par contre, je pense que le Préfet a envoyé un courrier au conseil municipal. Dans ce cas, la ville va bientôt être au courant ! Si vous voulez bien m'excuser maintenant.

Pendant la discussion ses yeux avaient balayé les bâtiments qui avaient vue sur les cabines téléphoniques. Christophe en avait été conscient, et se dit qu'il allait cuisiner Hervé à la première occasion.

Lecaulmes le quitta et traversa la route en direction du Dardaillon, un grand café restaurant avec terrasse d'où on voyait tout ce qui se passait sur la place. Bien sûr on était encore au milieu de l'hiver, mais Vidal était décédé à la mi-septembre, et à cette époque il faisait encore bien chaud jusque tard dans la soirée. On mangeait à l'extérieur. Il serait certainement difficile, voire impossible, de retrouver tous les clients qui y avaient dîné ce soir-là, mais il y avait peut-être des habitués, sans parler du personnel.

Il entra dans le café, commanda une bière et demanda à parler au gérant.

– C'est moi-même, répondit l'homme qui lui servit la bière. Sylvain Gaillard, à votre service.

Lecaulmes se présenta et le gérant hocha la tête comme s'il était au courant, ce qu'il était, bien entendu, s'étant renseigné dès qu'il avait vu le manège des gendarmes sur la place en face.

– Dites-moi, Monsieur Gaillard, à notre époque de portables et autres fantaisies, est-ce qu'on utilise souvent les cabines téléphoniques ?

– Bof, voyons, je dirais qu'il y a une dizaine de personnes par jour. Vous savez, par les temps qui courent, tout le monde n'a pas de portable. J'en connais même qui ont arrêté leur abonnement. Alors, le temps de se procurer un fixe, s'ils n'en avaient pas avant, ils utilisent la cabine. C'est qu'on ne reçoit plus de numéro fixe aussi rapidement que par le passé. Surtout pour les plus démunis qui n'ont pas Internet. C'est le bazar de nos jours, tè.

– Oui, effectivement. Et on les utilise à n'importe quel moment de la journée, ou y a-t-il un moment où il n'y a jamais personne ?

Gaillard réfléchit.

– Ben, vous savez, je ne prête pas tellement attention. J'ai beaucoup de travail ici.

– Evidemment, mais parfois on remarque des choses du coin de l'œil, si je peux m'exprimer ainsi. Bien sûr, en hiver vous êtes à l'intérieur. Mais en été, la terrasse doit être fort utilisée.

– Prise d'assaut, oui. On passe notre temps à courir de l'intérieur vers l'extérieur.

– Et du côté restaurant aussi, je suppose. A quelle heure terminez-vous ?

– Ça dépend. En été, on invite des groupes, on fait des soirées concerts, alors ça peut terminer à une heure, deux heures du matin.

– Même en septembre ?

– Non, non, les concerts c'est plutôt pendant les vacances. On en fait de temps en temps le reste de l'année, mais pas comme en juillet et août. C'est tout de même plus calme en septembre au niveau des vacanciers, la clientèle n'est pas la même.

– Ah ?

– Ben oui, c'est plutôt les retraités. Les familles sont parties. On retrouve notre clientèle locale aussi. J'veux pas dire qu'ils n'y sont pas l'été, mais nous, on est tellement pressé qu'on ne peut pas passer du temps avec eux comme maintenant. Alors ils apprécient le calme qui revient en septembre, on est sur la terrasse, on peut blaguer ensemble.

– Et que ce se passe-t-il sur la place en été ?

– C'est plein de pétanqueurs, bien sûr, mais aussi des gens qui flânent, et puis en été c'est assez vivant avec les cafés qui font des divertissements. Les vieux en septembre aiment bien flâner sur la place, mais il n'y a plus toutes les animations.

– Ça se vide à quelle heure en septembre ?

– Oh, je dirai qu'à 23 h il n'y a plus grand monde. On respire. On commence aussi à ranger. Surtout en semaine.

– Je vois. Et au niveau des cabines téléphoniques, d'ici on verrait les gens les utiliser.

– Mouais, sans doute. Comme j'ai dit, je ne prête guère attention.

– Tout de même, puisque vous dites que vous connaissez des gens qui les utilisent plus maintenant que par le passé, ça doit faire plus de va-et-vient qu'avant. Je suppose qu'à un moment donné on a voulu les enlever, pensant qu'avec les portables, elles n'avaient plus d'utilité.

– Oui, mais la municipalité n'a pas laissé faire. Tant mieux. Il y a toujours quelqu'un. Il n'y a jamais eu un moment où il n'y avait personne. Mais bon, puisque vous me poser des questions sur l'usage pendant la journée, c'est vrai c'est plutôt calme le soir. On voit rarement quelqu'un dans une cabine.

– Et est-ce que par hasard vous avez remarqué une personne qui téléphonait tard un soir en semaine, vers le milieu de septembre, disons ?

Gaillard réfléchit.

– Faudrait demander aux autres, ou à des clients qui viennent chaque soir. Le Portal ou le Roux, par exemple. Ils veillent tard et ils sont là presque tous les soirs.

Il héla un collègue et expliqua brièvement ce que demandait Lecaulmes. Le collègue remua ses méninges pendant quelques instants.

– Septembre ? C'est loin. Comment veux-tu que je me rappelle, Sylvain. Un soir en semaine à la mi-septembre, dites-vous, Monsieur ? Pétard …

– Je pense qu'il faut demander au Portal ou au Roux, dit Gaillard.

– Pas au Portal en tout cas, il était à l'hôpital à cette époque. Du coup, le Roux ne restait pas autant de temps.

– C'est vrai qu'on a pu ranger un peu plus tôt ces semaines-là, dit Gaillard.

– Ah, je me rappelle, il y avait un client pour une des cabines un soir. J'ai un peu rigolé, parce qu'il s'est coincé dans la porte. C'est vrai que si on n'a pas l'habitude, on pousse du mauvais côté. C'est ce qu'il a fait.

– Et vous pouvez me le décrire ? demanda Lecaulmes.

– Ah, désolé, on ne voit pas tout au-delà du périmètre de nos lumières ici. C'était un homme, il était de dos, trop carré pour être une femme. Il avait un vêtement sombre. C'est tout ce que je peux dire.

– Et c'était quelle cabine ?

– Ben, celle qui vous intéresse, on dirait.

– Et c'était quel jour exactement ? Vous vous en souvenez ?

– Ben, maintenant que j'y pense, c'était le jour où Hugues Vidal est mort, vous savez, notre maire. Pas le jour même, je veux dire, mais le soir avant qu'on le trouve mort. Et c'est vrai, maintenant en y pensant, j'ai vu sa voiture passer de l'autre côté de la place.

– Pourtant, vous dites que vous ne voyez pas bien la place d'ici.

– Ben, c'était un peu après, on les éteignait, les lumières, et puis la voiture de Vidal était reconnaissable, toujours propre, ça brillait. Et il avait tendance à rouler vite, surtout la nuit quand il n'y avait personne.

– Quand vous dites un peu après, ça veut dire quoi exactement ?

– Ben, j'sais pas moi, vers les 23h, par là, hein Sylvain ? Tu as même fait la remarque le lendemain comme quoi il avait passé à toute vitesse la veille.

– Ah bon ? Si tu le dis. Je ne me rappelle pas.

– Eh bien, je vous remercie beaucoup, Messieurs, dit Lecaulmes.

– Dites, vous cherchez quoi avec la cabine, au juste ? demanda Gaillard.

Mais Lecaulmes, qui était déjà en train de sortir du café, fit semblant de ne pas entendre la question. A son retour à la cabine, on l'informa qu'on avait effectué tous les prélèvements nécessaires. On rendait la cabine et son contenu au public.

DIX-HUIT

Claude Balme était blême. Le papier entre ses mains tremblait.

– Bon, dit-il, si je vous ai convoqués, tous, c'est parce qu'on a un problème.

Les élus qui avaient pu se libérer pour la réunion programmée en toute hâte se regardèrent.

– C'est plus qu'un problème, dit Pierre Labalme. C'est une catastrophe ! Vous vous rendez compte ? Trois maires ! Sans parler de Marc Faure.

– Qui peut en vouloir aux maires à ce point ? demanda Edith Bazin.

– En plus, je ne sais pas si vous vous en êtes rendus compte, ajouta Henri Perrier, mais on a eu un maire venant de chaque liste. J'ai pas l'impression que ce soit une démarche politique en soi. Mais je ne vois pas ce qu'ils avaient en commun pour qu'on les tue, ça non.

– Est-ce qu'ils sont sûrs qu'on a assassiné Hugues aussi ? demanda Amina Yahiaoui. Qu'est-ce qui leur a fait changer d'idée sur sa mort ?

Personne ne le savait. Le Capitaine Lecaulmes avait informé officiellement le conseil municipal de la réouverture de l'enquête sur la mort de Hugues Vidal, sans donner plus de renseignements. Tout le monde était au courant de l'intérêt porté à la cabine téléphonique sur la place Ollier, mais personne ne savait pourquoi. Personne sauf Pauline, et elle gardait le silence.

– Mais ce n'est pas tout, dit Claude Balme, brandissant le papier qui tremblait encore dans sa main. Le Préfet m'a téléphoné en début de semaine, et je viens de recevoir l'arrêté officiel. Il suspend le conseil municipal, le temps de l'enquête.

De toute façon, enquête ou pas, ça ne peut pas dépasser un mois.

La stupeur figea tous les élus dans leur fauteuil et pendant quelques secondes la grande salle fut remplie d'un silence étourdissant.

– Mais, ça veut dire quoi au juste ? demanda Hadoub Bazazi.

– Qu'on arrête de fonctionner. On n'élit donc pas un nouveau maire pour l'instant et on ne se réunit pas en conseil.

Un nouveau silence suivit ses paroles.

– Je dois avouer que je ne suis pas d'accord, poursuivit Balme.

– Mais, c'est le Préfet, dit Pauline. On doit faire ce qu'il dit.

– On verra. On ne peut pas laisser la ville sans gouvernement.

– Ce n'est que pour un mois, ajouta Michel Lelong. Entre-temps rien ne nous empêche de préparer la reprise, et aussi de préparer l'élection.

– Comment ça, préparer l'élection ? demanda Edith.

– Ben, on pourrait savoir – heu – qui se porte candidat, par exemple. Comme ça, il n'y aura pas de mauvaise surprise le jour où on reprendra, on aura eu le temps de réfléchir pour qui on vote.

– Qu'est-ce que tu veux dire par mauvaise surprise ? demanda Pierre Labalme.

– Ben…

Pauline observa Michel Lelong sans rien dire. La question que lui avait posée Christophe lui vint à l'esprit. « Qu'est-ce que vous avez contre Lelong ? » Et il avait ajouté, « Il n'arrête pas de poser sa candidature, et vous n'en voulez pas ». Ce que Lelong suggérait revenait à désobéir au Préfet. Pourquoi insistait-il tant ? Elle n'aimait pas l'idée qui se formait dans son esprit.

*

Christophe fit entrer Hervé Rousset et ils s'assirent autour de tasses de café.
— Je n'ai pas voulu te parler au marché ce matin, dit-il. J'ai été un peu sec, je pense.
— Oh, ne t'inquiète pas. J'avais compris.
— Il a des yeux partout, Lecaulmes.
— Il est intéressant, dit David. Il m'a parlé d'analyses et de recherche d'indices, et puis de recherches sur le net. Evidemment, il l'utilise beaucoup dans son travail. J'ai trouvé ça intéressant. Savez-vous qu'on peut trouver la trace d'un objet rien qu'avec un numéro de série, et même un code barre ? On finit par savoir qui l'a acheté, même. Pas mal. Moi je lui ai parlé de ce que je fais avec les jumeaux et comment je monte des effets spéciaux et des trucs codés. Il m'a donné des astuces qui pourraient m'aider. En fait, il a trouvé amusant notre scénario sur les meurtres et il m'a demandé ce que les jumeaux avaient prévu comme modus operandi, et je lui ai dit que je n'avais rien dévoilé aux jumeaux de ce que je savais. Et vous savez quoi ? Il m'a demandé de garder mes yeux et mes oreilles ouverts, car je n'avais certainement pas tort en disant que l'assassin devait être quelqu'un dans l'entourage des maires, et si jamais j'apprenais quelque chose, je pouvais le contacter. Il est cool.

Rousset regardait David avec étonnement tout en pensant qu'effectivement Lecaulmes avait une façon bien particulière de faire parler les gens.

– Bien, dit Christophe. Cela fait plus d'une semaine qu'il est là. Est-ce qu'il fait des progrès ?

– Des progrès dans le sens qu'il amasse beaucoup de renseignements, mais on n'a toujours pas d'indication concernant le meurtrier. Ou du moins rien de très précis. Des pistes, d'accord. Je soupçonne Lecaulmes d'avoir des idées précises, mais il ne dit rien pour l'instant.

– On t'écoute, dit Pauline.

– Bon, pour Albanel, on sait comment l'assassin a opéré. Faire en sorte que le taux de glycémie monte à un tel niveau qu'Albanel en meure. Donc trafic de gâteaux, seringue contenant une solution de sucre, et petite incision du tuyau partant de la pompe ce qui faisait que l'insuline s'écoulait pour beaucoup à l'extérieur. Et plus Cédric appuyait sur le bouton pour se donner des bolus, plus il en perdait. Pour faire cette incision, il fallait que le meurtrier soit très près du maire. Cela impliquerait quelqu'un présent à la cérémonie des vœux. Lecaulmes procède à des simulations pour savoir comment le meurtrier s'y est pris. Il a dû se procurer la seringue sur Internet, car il n'y a rien de suspect au niveau des pharmacies. Lecaulmes a ensuite brassé un territoire assez large autour de nous. Pour Desmadjian, on a tout simplement dilué le liquide de freins par de l'eau. Lorsqu'on freine on fait chauffer ce liquide qui absorbe l'humidité contenue dans l'air, mais avec l'adjonction, de l'eau il entre en ébullition plus vite. Il y a aussi des gaz compressibles qui entrent en compte, et lors d'un freinage important du type dans une descente, le tour est joué ! Ça ne freine plus. Il n'y a aucune empreinte, mais des traces de fibres indiquent un gant de protection.

– Et pour Elisabeth ? Elle est sous surveillance, n'est-ce pas ?

– Oui. Elle confirme que Desmadjian a essayé de freiner comme un fou. Mais quant à ses visiteurs, rien de vraiment suspect : famille, amis, membres du conseil municipal, certains plus que d'autres.

– Rien de *vraiment* suspect. Que voulez-vous dire par là ? demanda David.

– Ce sont les mots de Lecaulmes. Je n'ai pas accès à son cerveau, donc je ne peux pas te le dire.

– Et qui a rendu visite à Mme Garnier plus que d'autres parmi le conseil municipal ? poursuivit David.

– Ta mère, par exemple.

– Oh, mais… !

– Pour te dire que rien n'est déterminant. L'assassin se trouve peut-être parmi toutes ces personnes.

– Et pour Vidal ? demanda Christophe. Vas-tu enfin me dire ce qu'on faisait avec la cabine téléphonique ?

– Alors, pour Vidal, tout est dans le vague. Du moins d'après ce que je sais, moi. L'appel que Vidal avait reçu venait de la cabine. Alors les services scientifiques ont prélevé tout ce qu'ils pouvaient trouver.

– Oui, mais c'est un téléphone public, protesta Pauline. Et c'était en septembre. Qui sait combien de personnes l'ont utilisé avant et après. C'est comme chercher une aiguille dans une botte de foin.

– Peut-être. Mais peut-être que l'aiguille s'y trouve, et par le truchement de l'équipement de haute technologie on la trouvera. En tout cas, d'après Lecaulmes, c'est quelqu'un qui n'avait pas l'habitude des cabines.

– Comment peut-il savoir cela ?

– Un petit commentaire innocent d'un témoin concernant une personne qui a utilisé la cabine le soir de l'appel, à une heure qui correspondrait, car peu de temps après, on a vu passer la voiture du maire. Voiture propre, qui plus est. Ça brillait. Donc pour l'instant, on attend les résultats des prélèvements effectués sur la cabine. Il y a tant d'empreintes, qu'il est quasi impossible de les distinguer. Mais il y a aussi beaucoup de fibres, des cheveux, sans parler de la crasse par terre. Vous savez, avec les machines maintenant, on peut analyser n'importe quoi, même infinitésimal. Par contre, ce qui reste un mystère, c'est comment on a conduit Vidal à passer sa voiture dans le lavage auto vitres ouvertes. Il n'y a pas de signes de résistance, il est mort dans la voiture sous l'eau.

– On l'avait endormi ? suggéra David.

– On trouverait des traces dans le sang s'il avait ingéré quelque chose, sans parler de traces de piqûre si on l'avait drogué.

– De l'éther ? Est-ce que cela laisse des traces ? On l'inhale, n'est-ce pas ?

– On aurait trouvé des fibres autour de la bouche et du nez, car il aurait résisté au tout début. J'ai dit, même des traces infinitésimales peuvent être analysées.

– On a dû utiliser quelque chose qui ne se voit pas alors, dit David.

– Voyons, David, ça n'existe pas, protesta Pauline.

– Il n'y a pas de traces de lutte, tu dis, donc il devait connaître la personne, dit Christophe.

– Et c'est manifestement la personne qui a téléphoné, dit David. Mais, dites, vous venez de dire qu'on a vu une personne téléphoner. Ils n'ont pas dit qui c'était ?

– Pas assez de lumière pour voir. Un homme. C'est tout ce qu'on sait.

– Donc un homme que le maire connaissait qui a utilisé exprès une cabine et qui était au courant des dossiers en cours. Ben, j'sais pas, moi, mais je trouve que ça rétrécit vachement le cercle de suspects, dit David.

Pauline frissonna.

– Pour l'instant tu n'as pas besoin d'avoir peur, Pauline, dit Hervé devant le frisson et la pâleur de l'élue. Le conseil est suspendu. On ne peut pas nommer un nouveau maire. Et oui, je sais qu'on te pousse à postuler.

– C'est vrai, Maman ? Toi pour maire ? N'y va pas !

– Tant qu'il n'y a pas de nouveau maire, je pense qu'il n'y a pas de danger, continua Rousset.

– Peut-être, dit Pauline d'un ton qui montrait qu'elle n'en était pas si sûre. Et si c'est quelqu'un de la maison, quelqu'un parmi nous … qu'est-ce qui pourrait l'empêcher de s'en prendre aux candidats qui auraient les meilleures chances, et peut-être plus de chance que lui pour devenir maire…

La mâchoire de Christophe tomba.

– Tu n'es pas sérieuse ? Tu penses à quelqu'un ?

Pauline ne dit rien.

– Qu'est-ce qui te fait dire cela, Pauline ? demanda Hervé en fronçant les sourcils.

C'était le type de conclusion hâtive qui semait la panique inutilement qu'il fallait mieux éviter de faire.

– Je ne veux pas accuser qui que ce soit, dit-elle finalement. C'est juste une pensée, c'est tout. Suite à tout ce qu'on disait.

Et pourtant, pensa Rousset, à voir son expression, c'est plus qu'une pensée. Quelque chose a suscité cette idée – qui n'est pas bête, soit dit en passant. J'en toucherai deux mots à Lecaulmes.

*

Charles Lecaulmes écouta en silence ce qu'avait à dire Rousset qui n'avait donné qu'un résumé très succinct de la conversation, ne souhaitant pas révéler à quel point il discutait de l'affaire avec la famille Weetsen. De toute façon, étant donné que Lecaulmes avait déjà questionné Pauline, cela pouvait paraître logique qu'ensuite, elle fasse part à Hervé de ses soucis.

– Hm, dit Lecaulmes. Et vous ne savez pas ce qui a suscité cette inquiétude chez elle ? Elle n'a mentionné personne ?

– Non. Aux deux questions. Elle ne voulait plus rien dire.

– Dommage.

– Où en êtes-vous avec les prélèvements ?

– Eh bien, figurez-vous qu'on a retrouvé une fibre extrêmement intéressante qui nous donne une piste sérieuse.

– Et … ?

– Mais pour l'instant je n'en dirai pas plus. C'est trop aléatoire. Il nous faut plus que cela. Mais disons que ça nous pointe dans une direction spécifique.

Et ce que dit Mme Weetsen est très intéressant, pensa-t-il.

DIX-NEUF

Quinze jours plus tard, on en était toujours au même point. Charles Lecaulmes retourna à Privas pour traiter une nouvelle affaire, en attendant que certaines des recherches qu'il avait lancées aboutissent. Une des voies de recherche ne donnait rien du tout, ce qui le laissait perplexe.

La conversation autour de la table aux heures de repas chez les Weetsen avait fréquemment pour sujet les meurtres. Pauline dormait mal, et son agitation empêchait Christophe d'avoir un sommeil réparatur. La tension atteignit les adolescents qui se chamaillèrent pour un oui ou pour un non.

Le mois de suspension du conseil municipal tirait à sa fin, et un jour, le coup de fil que Pauline redoutait, arriva.

– C'était Claude, dit-elle en raccrochant. Il veut programmer une réunion du conseil municipal mercredi prochain.

– Déjà ?

– La suspension se termine mardi soir.

– Eh bé, il ne perd pas de temps.

– On va élire le nouveau maire. Tu viendras, n'est-ce pas ?

– Quelle question ! Bien sûr ! Il ne fait pas de réunion informelle ?

– Non. Il n'y a que ça sur l'ordre du jour.

– Oh, j'aimerais bien y aller aussi, dit David. D'ailleurs, ce jour-là dans l'après-midi, on va aller chez Mélanie à Rosières pour travailler sur la présentation qu'on doit faire pour les Portes Ouvertes du lycée. Alors je resterai à la cantine et je descendrai du car à Rosières.

– D'accord.

Plus tard dans leur chambre au moment d'éteindre la lumière, Christophe se tourna vers Pauline.

– Okay, dit-il. Et si tu me disais enfin qui tu soupçonnais.

– Hein ?

– Ça ne va pas depuis qu'on a eu cette longue discussion avec Hervé. Tu ne voulais rien dire à ce moment-là, mais ça na va plus du tout. Tu ne dors plus, du coup moi non plus. Si tu voyais ta tête ! Tu as peur qu'on s'en prenne aux candidats sérieux pour les empêcher de devenir maire ? Qui as-tu en tête ?

Pauline hésita.

- Il y a bien quelqu'un ! insista Christophe.

Elle le regarda et se mordilla la lèvre. Parfois, depuis que l'idée avait traversé son esprit, elle s'était dite que c'était ridicule. A d'autres moments elle avait ressenti une véritable appréhension. Ce n'était pas parce que le conseil avait été suspendu que les différents membres ne s'étaient plus revus. On parlait souvent des candidats possibles, et les mêmes noms revenaient tout le temps – dont le sien. Elle avait soigneusement évité certaines personnes. Maintenant que la date de la prochaine réunion était fixée, la peur revenait en force. Elle prit une respiration.

– Tu te souviens de ce qui tu as dit au sujet de Michel Lelong ?

Christophe se racla la mémoire mais rien ne vint.

– Tu m'as demandé ce qu'on avait contre lui pour qu'il ne soit jamais choisi, malgré le fait qu'il n'arrêtait pas de poser sa candidature, que ce soit en tant que maire ou adjoint.

– Ah, oui, c'est vrai. Et alors ?... Attends, tu penses à lui ?

– Ben … on ne trouve pas de mobile. Il n'y a rien qui relie les maires, hormis le fait qu'ils étaient maire. C'est sûr que Michel va postuler cette fois-ci aussi. Et si c'était lui, après tout.

– Mais enfin !

– Moi, je trouve que ce n'est pas si bête que ça, comme raisonnement, dit Pauline tout bas. Alors avec la réunion qui est programmée... il va certainement être au courant des noms qui circulent. On n'arrête pas d'en discuter, et les uns voient les autres. Il doit être au courant, tout comme moi.

Christophe resta silencieux un moment, ne sachant pas s'il devait prendre au sérieux ce qu'elle disait. C'était tellement extrême, à ses yeux. Il la tira contre lui et fit un cocon avec le duvet.

– Je suis là, je veillerai sur toi, ma chérie. Je garderai l'œil ouvert. Ne t'inquiète pas. Viens.

Il l'embrassa longuement et tendrement et la câlina. Elle commença à se détendre, alors il tendit un bras, ferma la lumière puis lui fit l'amour.

Finalement devant son inquiétude permanente, il décida d'appeler Hervé.

A sa surprise celui-ci ne rejeta pas ses dires.

– Mettant de côté le fait qu'il n'y a aucune preuve qui incrimine Lelong, le raisonnement de Pauline n'est pas totalement stupide, dit-il. On va garder l'œil ouvert. J'informe Lecaulmes de la reprise du conseil. Je sais qu'il a une piste, mais pour l'instant rien de concret. D'ailleurs, il garde le secret sur ce qu'il a trouvé.

Lecaulmes prit connaissance du mail en provenance de Rousset. Intéressant, pensa-t-il en regardant le nom de l'élu qui s'affichait. Il est l'heure de retourner aux Vans, on dirait.

*

L'après-midi chez Mélanie Coste à Rosières passa rapidement. Malgré blagues, chips et sodas, le travail avança et la petite équipe était contente des résultats. David avait eu l'intention de prendre le bus qui passait vers 18h, mais

Stéphanie Balme proposa de reconduire les Vanséens elle-même puisque son père lui avait prêté sa voiture.

– T'as pu emprunter la voiture de ton père ? demanda Florian Combe, étonné. Si vite après ton permis ?

– Ben oui. Il a confiance. Il a même dit qu'il va chercher une bagnole pour moi pour la rentrée. Il s'y connaît en bagnoles, c'est lui qui répare celle-ci. Je suis sûre qu'il m'en trouvera une bonne.

– Oh fan, tu as de la chance ! dit Corentin Courroux. Notre père à nous ne va jamais vouloir nous prêter sa bagnole. Il nous l'a déjà dit.

– Tu m'étonnes ! souffla David.

– Pourtant on conduit pas mal, notre moniteur est satisfait.

– Mouais, mais c'est la voiture de Maman qu'on utilise pour la conduite accompagnée, ajouta Cédric. Alors Papa ne sait pas comment on s'y prend.

– Donc avec la voiture ça nous donne un peu plus de temps, dit Stéphanie.

– De toute façon, on n'arrivera pas à tout terminer aujourd'hui, commenta Cédric. Comment on va faire ? Nous, on n'est plus libre cette semaine pour se voir. Et il faut le rendre lundi matin.

– Par Internet, répondit Mélanie. Maintenant qu'on a presque tous les éléments, il suffit de se contacter. Et il reste quelques informations à ajouter. Tu as dit que tu allais les chercher, hein Stéphanie ?

– Oui. J'espère que ma sœur ne squatte pas l'ordi. Mon père est peut-être cool avec la voiture, mais pas moyen d'avoir un ordi pour moi toute seule. Faut le partager avec ma sœur, et elle m'énerve avec ses chats avec ses copines, elle y passe un temps fou. Elle verra l'an prochain quand elle sera obligée de l'utiliser sérieusement pour le lycée. Mais moi, je ne serai plus là, tant mieux.

David laissa Florian monter devant avec Stéphanie. Il n'avait pas eu besoin qu'on lui dise que ce dernier craquait pour elle. Il avait été soulagé par ce constat. Florian, au moins, ne piquerait pas Marine sous son nez. Il les laissa discuter de choses et d'autres et regarda filer la route. Lorsque Stéphanie déposa les jumeaux à Joyeuse, il se rappela qu'il aurait dû prévenir ses parents qu'il ne rentrait pas avec le car et il chercha son portable dans son sac. Le petit appareil glissa de ses doigts et disparu sous le siège devant lui. Maugréant contre sa maladresse il se baissa pour le chercher, tâtonnant partout.

– Qu'est-ce que tu fais, David ? demanda Stéphanie que ce remue-ménage dérangeait un peu.

– J'ai laissé tomber mon portable. T'inquiète pas, je le retrouverai. Mais prends les virages un peu plus doucement, c'est pas facile de chercher quelque chose par terre quand on est bousculé tout le temps !

– C'est ça, dis plutôt que je conduis mal.

Ses doigts se renfermèrent enfin sur un objet. Soulagé il allait se redresser lorsqu'il vit ce qu'il avait ramassé. Ce n'était pas son portable mais une petite boite contenant des seringues en forme de stylo. C'était une boîte de six et en l'ouvrant il vit qu'il en manquait deux. Il regarda abasourdi la boîte pendant quelques secondes, puis son cerveau lui donna rapidement des ordres. Il sortit avec prudence une des seringues, ferma la boîte et la glissa sous le siège, puis continua à tâtonner et trouva enfin son portable. Il se redressa complètement, glissant la seringue dans son sac. Son cœur battait la chamade.

Bon, se dit-il, question importante, quelle était la marque de la seringue trouvée chez Mme Albanel ? Mais avant de me précipiter, c'est vrai que les pompiers ont besoin de seringues pour les secours. Mais ce serait plutôt les infirmiers qui les auraient, non ? Et Balme n'est pas infirmier. Et puis, ce n'est pas parce qu'il y a des seringues dans la voiture de Balme que c'est lui qui s'en est procuré. On cherche peut-être à l'incriminer.

Sa conversation avec le Capitaine Lecaulmes avait été très intéressante, et il y pensa maintenant. On rassemble les éléments, on réfléchit, on trouve des preuves, avait-il dit.

Il réfléchit rapidement et une idée lui vint.

– T'es vachement silencieux là derrière, dit tout à coup Stéphanie.

– Euh, je réfléchissais. Et – euh – si on en profitait un peu pour faire les dernières recherches pour le projet ensemble chez toi ?

– Ah, comptez pas sur moi, dit Florian. Je ne suis pas libre. Mais allez-y vous deux.

– Qu'est-ce que t'en dis, Stéph ? insista David. Autant battre le fer pendant qu'il est chaud et tout ça.

– Okay, je suis d'accord. J'aimerais autant finir le projet, il commence à m'ennuyer. Mais si ma sœur a l'ordi, on ne pourra rien faire.

– Tes parents en ont un, non ?

– Oui, c'est vrai. Okay.

– D'accord. Je préviens mes parents.

Il passa un rapide coup de fil.

Comme Stéphanie se doutait, sa sœur utilisait l'ordinateur et ne voulait pas le lâcher. Sa mère avait aussi besoin du sien. Stéphanie utilisa donc de tout son charme pour pouvoir avoir accès à celui de son père.

– Bon, écoute, tu sais que ton père n'aime pas trop que tu utilises son ordinateur, répondit sa mère. En plus, il n'est pas là, et sera absent toute la soirée.

– Justement, ça tombe bien. Mais Maman, tu sais bien que je ne vais pas le casser. Je ne fais pas n'importe quoi, je ne suis pas comme Manon. Et puis, David c'est un expert, il sait ce qu'il fait. De toute façon, on ne va pas toucher aux programmes, tout ce qu'on veut c'est Internet pour terminer nos recherches.

– Bon, d'accord.

David s'installa devant l'écran de l'ordinateur de Claude Balme et se connecta à Google. Devant la pléthore de références qui s'afficha les deux adolescents firent la grimace.

– Ça va nous prendre des heures ! se lamenta Stéphanie.

– Bon, on va commencer, on en relèvera certaines, et puis tu délogeras ta sœur, ou tu demanderas à ta mère d'utiliser le sien, dit David. Dès l'instant qu'on sait ce qu'on veut, ça ira plus vite. Vous êtes en réseau à la maison ?

– Oui.

– Donc on enverra les éléments les plus intéressants sur les deux, comme ça tu iras encore plus vite.

David avait un plan. Il suffisait qu'il se retrouve seul quelque temps dans la pièce. Le temps passa, leur travail progressa, et il rongea son frein en attendant le moment propice.

*

La salle du conseil municipal était archi-comble, ce qui n'était pas étonnant étant donné la crise sans précédent que connaissait la ville. Pauline prit place à la grande table ovale et Christophe se percha tant bien que mal sur le coin d'une petite table près de la fenêtre.

Claude Balme se racla la gorge.

– Bien, dit-il. Le délai de suspension étant terminé, nous reprenons nos activités, et la première chose à faire est d'élire un nouveau maire. Elisabeth est toujours absente, bien sûr. A-t-elle donné son pouvoir à quelqu'un ?

– Oui, à moi, dit Edith Bazin.

– C'est noté, dit Balme. Bien, on y va. Je me porte candidat. Y en a-t-il d'autres ?

Michel Lelong leva la main.

– Je propose Pauline Weetsen, dit tout à coup Jacques Martin.

– Non, mais enfin … protesta Pauline.

– Je pense que tu devrais y aller, dit Pierre Labalme.

– Je suis d'accord avec lui, ajouta Edith Bazin.

Pauline hésita.

– Dans ce cas, si j'y vais, moi j'aimerais proposer un nom, dit-elle. Edith.

– Mais, je…

– Je pense que tu devrais te présenter, dit Amina Yahiaoui. Je suis d'accord avec Pauline.

– Je vais te dire, Edith, dit Pauline doucement, si tu ne te présentes pas, je dis non aussi.

Edith Bazin pâlit. Le public se regarda avec étonnement. Christophe comprit le message que Pauline faisait passer à Edith. Il ne savait pas avec qui elles avaient discuté pendant le mois d'inactivité, alors il n'avait aucune idée du soutien dont elles disposaient. Il vit le vieux Jacques Viole discuter avec le jeune Jean-Luc Dubois, puis ce dernier leva aussi la main.

– Je postule également, dit-il. J'aimerais aussi signaler que la procédure normale veut que ce soit le doyen du conseil qui ouvre le débat.

Claude Balme le fusilla du regard.

– Dans ce cas, je demande à Jacques Viole de prendre le relais, articula-t-il avec difficulté.

Les deux hommes changèrent de fauteuil. Balme essayait de cacher sa colère, mais son visage rougi le trahissait. Christophe nota que Lelong tremblait et tapait son stylo de façon convulsive sur la table.

– Veuillez noter les noms, Madame Garcin, dit Jacques Viole. Claude Balme, Michel Lelong, Pauline Weetsen, Edith Bazin et Jean-Luc Dubois. Je demande également à Madelina Motta de prendre place à mes côtés.

La benjamine changea de place avec Pierre Labalme. La secrétaire distribua les papiers et le silence régna pendant une minute. Puis elle repassa avec la boîte dans laquelle on plaça les papiers. Le dépouillement eut lieu dans un silence total, mais le résultat fut accueilli par un clameur de la part de la salle.

– Claude Balme 6, Edith Bazin 6, Jean-Luc Dubois 3, Michel Lelong 6 et Pauline Weetsen 6, proclama Viole.

VINGT

Stéphanie réussit à persuader sa mère de lui laisser son ordinateur portable, car Manon insistait qu'elle ne chattait pas, elle faisait un devoir pour l'école qu'elle devait rendre le lendemain. Mme Balme se résigna à prêter son portable à Stéphanie. David se retrouva donc seul dans la chambre des Balme où le pompier avait installé son coin informatique dans une petite alcôve. Il jeta un coup d'œil rapide aux favoris de Claude Balme. Google, bien sûr, banque, e-Bay, Wikipedia et divers autres. David savait très bien comment faire venir à la surface les adresses déjà consultées, même si celles-ci ne s'affichaient pas nécessairement en surface par manque d'espace. Les ordinateurs retenaient tout et on ne se rendait pas nécessairement compte de ce fait. Une partie de lui-même espérait qu'il n'allait pas trouver ce qu'il cherchait.

Plusieurs adresses attirèrent son œil, dont certaines qui donnaient des renseignements sur le diabète et une qui était un site de vente de matériel médical. Il cliqua dessus, puis cliqua sur le mot « seringues ». Il y en avait de toutes sortes. Il cliqua sur « stylo ». Il sortit de son sac celui qu'il avait subtilisé dans la voiture et vit qu'il figurait parmi les marques en vente. Puis il remarqua la présence d'un panier. Mais pour y accéder il fallait entrer un mot de passe.

Il n'allait pas se décourager pour autant. Balme avait certainement fait ce que la plupart des gens font en ce qui concerne l'accès à leur courrier. Il suffisait de cliquer sur le raccourci du serveur qui abritait l'adresse mail, puis deux clics sur les données pré-établies ouvraient la boîte mail. Effectivement Balme n'était pas différent des autres. Il n'y avait rien dans la boîte de réception qui correspondait à ce qu'il cherchait. David cliqua sur « courrier supprimé » en espérant que Balme n'avait pas vidé cette boîte. Certains fournisseurs d'accès détruisaient au fur et à mesure tout courrier qu'on y renvoyait mais pas celui-ci, et si on n'y pensait pas, tout se trouvait toujours sur l'ordinateur. Et voilà, un mail en provenance du site de vente de matériel médical s'y trouvait. La date disait tout. A ses yeux, pas besoin de demander si la marque correspondait. Sans hésiter, David enfonça sa clé dans l'ordinateur et copia le mail qui confirmait l'envoi de seringues.

Il allait revenir sur les pages consultées lorsqu'il remarqua une adresse bizarre. Il cliqua dessus, et se trouva devant un mail dans un français approximatif qui parlait de l'envoi d'un produit désigné par les initiales gbl. Il revint sur Google pour continuer ses recherches et vit justement une référence à ces initiales. Il cliqua dessus, et lut le contenu de la page. Il s'agissait de la substance appelée la drogue du viol puisqu'elle induit désinhibition et amnésie, lisait David, et en dose suffisante, perte de connaissance. On peut l'administrer diluée dans une boisson, souvent de l'alcool, et il s'élimine rapidement de l'organisme, d'où l'intérêt de son utilisation pour violer.

Ou faire tout autre chose sans laisser de traces, pensa David.

Il ouvrit fébrilement la boîte mail et retrouva le mail qu'il avait remarqué. Il vit la date, et sentit le sang se retirer de son visage.

Purée ! J'ai tout trouvé !

Il copia le mail sur sa clé, revint sur Google et copia aussi la page, puis celle de la société de vente de matériel médical. Puis il ferma tout, retira sa clé et resta devant l'écran se demandant ce qu'il fallait faire.

– Dis, David, t'as terminé tes recherches ?

La voix de Stéphanie le fit sursauter et il la regarda se demandant pour un instant de quoi elle parlait.

– Oh, euh, oui, en fait je n'ai rien trouvé de plus qui était vraiment intéressant pour nous. Ben, quelle heure est-il ?

Il regarda sa montre.

– Ouah ! Déjà ? Flûte ! Je voulais aller au conseil municipal.

– En tout cas, j'ai bien bossé avec ce que tu as trouvé, et j'ai ajouté quelques petits trucs en plus. Je finirai le projet, si tu n'y vois pas d'inconvénient. Viens voir ce que j'ai fait.

Il ramassa ses affaires et quitta la chambre, se rendant dans celle de Stéphanie. Elle avait fait du bon travail et la présentation prenait une forme très dynamique. Décidemment, elle était douée dans tout ce qu'elle faisait. David hocha la tête et la complimenta.

– Oh, euh, ça ne me gêne pas que tu finisses, dit-il. C'est gentil de ta part. Tu me diras où tu en es quand même vendredi. Si tu as encore besoin qu'on travaille ensemble pendant le week-end, on pourrait se voir.

– Je pense que je l'aurai terminé. Je ne suis pas beaucoup disponible ce week-end de toute façon.

– Bon, ben, j'y vais. A demain, alors.

Il descendit au rez-de-chaussée où il salua Mme Balme aussi calmement qu'il put, puis quitta la maison. Une fois dehors il sortit son portable et appela Hervé Rousset.

*

– Pétard ! Vous faites exprès, ou quoi ? hurla Claude Balme.

Jacques Viole leva la main.

– Je me retire, dit Jean-Luc Dubois, avec un regard en direction de Viole.

– C'est évident, ricana Michel Lelong.

Les papiers furent de nouveau distribués, la boîte repassa, et on recompta.

– Claude Balme 7, Edith Bazin 7, Michel Lelong 6 et Pauline Weetsen 7.

La salle explosa de nouveau. Michel Lelong se mit debout. Il tremblait de rage.

– C'est un coup monté ! cria-t-il. Je ne me retire pas ! Il pointa le doigt vers Edith Bazin. Et bien sûr, elle a le pouvoir d'Elisabeth, tu parles, elle se la donne cette voix, la garce ! Elisabeth n'est pas là pour la donner à qui elle veut !

– Foutaise ! fit Edith. Je sais exactement ce que veut Elisabeth, et je donne la voix à la personne qu'elle a désignée ! Et si tu veux vraiment le savoir, je te le dirai quand on aura élu un maire ! Espèce de pourriture, va !

– Ça suffit ! tonna Viole. Tu vas te retirer de la course, Michel.

Christophe crut pendant un instant que Lelong aller péter un câble. Visiblement enragé, Claude Balme se leva, traversa la salle du conseil en jouant des coudes, et disparut dans la pièce à côté pour revenir quelques instants, après avec des bouteilles d'eau qu'il distribua aux élus.

Christophe profita du brouhaha pour prendre quelques photos. A ce moment-là, son téléphone émit une vibration et au même moment une sonnerie d'oiseaux se fit entendre dans la salle. Claude Balme jeta un coup d'œil à son portable, se leva d'un bond et tourna le dos pour répondre à l'appel. Christophe regarda le nom s'afficher sur le sien et le texto qui apparut sur l'écran, puis se fraya un chemin vers la sortie.

Sur le palier il rappela son fils.

– Papa, Balme a acheté des seringues et du GBL !

– Qu'est-ce que tu dis ?

– C'est vrai ! J'ai trouvé des seringues dans sa voiture, il en manquait deux dans le paquet. Et il y a des preuves documentaires dans son ordinateur. Tu sais, le GBL, c'est …

– Oui, je sais ce que c'est.

Les implications étaient évidentes. Il sentit le sang se retirer de son visage.

— J'ai prévenu Monsieur Rousset, disait David. Il arrive !

— Mais comm…

— Va prévenir Maman !

Christophe rentra en trombe dans la salle du conseil, butant sur le monde qui se tassait près de la porte. Il vit Francine Arpin debout sur une chaise, mitraillant la table des élus avec son appareil photo et un plaisir évident.

— Qu'est-ce qui se passe ? demanda-t-il en frayant un chemin un peu rudement dans la foule.

— Rien, c'est le désordre total !

Christophe réussit à s'approcher de la table et se mit à la contourner afin d'atteindre Pauline. Désordre, c'était peu dire. Jacques Viole essayait de ramener le calme entre Balme et Lelong qui s'accusaient mutuellement d'incapacité à la fonction qu'ils briguaient, de manigances et de malhonnêteté lors de la campagne même, et autres magouilles. Pierre Labalme répétait qu'il fallait annuler la séance, mais personne ne l'écoutait. Les uns et les autres tendaient la main vers les bouteilles placées devant eux, et il vint à Christophe à la fois le souvenir de Balme en train de les apporter et les paroles de son fils concernant les achats.

Et il manquait deux seringues ? On en avait récupéré une, la deuxième…

Il vit Pauline ouvrir sa bouteille d'eau et boire quelques gorgées.

— Non ! hurla-t-il. Ne bois pas ça !

Il bouscula les dernières personnes dans sa hâte d'arriver près de Pauline, et arracha la bouteille de la main de sa femme.

— Ne bois pas l'eau ! Ne buvez pas l'eau ! cria-t-il.

– Monsieur Weetsen, je vous en prie ! fit Jacques Viole. Nous essayons de... vous n'avez pas le droit de...

– Ne buvez pas l'eau, n'y touchez pas ! Mon Dieu, Pauline, t'en as bu combien ?

– Quoi ?

La porte s'ouvrit et David fit éruption.

– Maman ! hurla-t-il lorsqu'il vit les bouteilles sur la table. Ne touche pas l'eau !

Il se jeta dans la foule dans une tentative de gagner la table.

– Mais enfin... s'il vous plaît ! supplia Jacques Viole qui n'avait plus qu'un désir : rentrer chez lui et oublier le conseil municipal pour le reste de sa vie. On est en...

La porte s'ouvrit de nouveau, cette fois avec fracas, révélant les gendarmes. Le silence tomba aussitôt. Rousset avança, accompagné de Lecaulmes, cheminant avec aisance dans un accompagnement de raclement de chaises que le public dégageait. Deux gendarmes restèrent à la porte.

– Monsieur Balme, dit Rousset d'une voix posée. Voulez-vous nous suivre, s'il vous plaît.

– Quoi ? Claude Balme était debout, le visage hagard. Pourquoi ? Vous voyez bien qu'on est en conseil.

– Veuillez nous suivre, s'il vous plaît, répéta Rousset. Voulez-vous lever la séance, Monsieur Viole.

– Qu'est-ce qui se passe ? demanda Viole.

Balme essayait de contourner la table en s'éloignant de Rousset.

– Mais il faut voter, dit-il. Il faut élire un maire. Attendez.

Rousset perdait patience. Il ne voulait pas avoir recours à la violence pour faire sortir Balme. Il ne voulait pas non plus devoir lui annoncer les raisons de son arrestation, devant tant de monde. Lecaulmes n'avait pas autant d'égards. En quelques pas, il se trouva suffisamment près pour poser la main sur le bras de Balme.

– Ce serait mieux pour vous de venir sans trop nous énerver, lui dit-il.

Rousset arriva enfin de l'autre côté. A deux ils firent avancer l'adjoint vers la sortie, le public ébahi s'effaçant pour les laisser passer. L'expression de Lecaulmes suffisait pour faire taire quiconque s'avisait à demander ce qui se passait. Balme essaya d'endiguer l'avance en protestant. Un chant d'oiseau se fit entendre et machinalement il ouvrit son portable et le porta à son oreille. Il perdit le peu de couleur qu'il lui restait.

– Non... pas encore... attends... Ça va se faire... attends...

Il se retourna vers Jacques Viole et en même temps d'un geste rapide Lecaulmes prit le portable et regarda l'écran avant de le porter à son oreille. Il le ferma d'un clac, fit un signe à Rousset qui menotta les poignets de l'adjoint, puis les deux hommes le dirigèrent fermement vers la sortie.

– Non, mais... non ! hurla Balme. Il faut élire le maire ! Il faut m'élire !

On l'entendit hurler jusqu'en bas de l'escalier, le hall résonna un court instant puis tout devint silencieux. Dehors la sirène de la voiture de la gendarmerie brisa la quiétude nocturne de la rue.

Le silence dans la salle du conseil fut absolu pendant dix secondes. Le brouhaha qui éclata couvrit pendant quelque temps ce qui se passait à la table du conseil. Ce fut Christophe, toujours à côté de Pauline, qui vit le premier que plusieurs conseillers n'étaient pas dans leur assiette, à commencer par son épouse.

– Pauline !

– Ah, je ne me sens pas très bien.

Elle se leva et tituba.

– J'ai la tête qui tourne... mon Dieu...

Elle retomba sur son siège. En face d'elle Elisabeth Bazin essayait vainement de se lever, la main devant la bouche. Michel Lelong paraissait hilare. Christophe comprit tout de suite. Il sortit son portable et appela les secours. Il ferma la bouteille qu'il tenait toujours et la mit dans sa poche, tira Pauline contre lui pour la soutenir, puis fit signe à Jacques Viole qui contourna la table, visiblement perdu.

– Mais qu'est-ce qui se passe ?

– Faites sortir tout le monde. Demandez à un des élus d'accueillir les secours quand ils arriveront, et occupez-vous d'Edith et de Michel. Je pense que ce sont les seuls à aller mal.

Il porta son attention vers son épouse qui commençait à délirer.

– Ça va aller, Pauline, tiens bon.

– Il a trafiqué l'eau, n'est-ce pas ? demanda David, inquiet. Elle ne va pas mourir ?

– Non, non, en principe, ne t'inquiète pas, les secours vont bientôt être là, répondit Christophe, espérant qu'il avait raison. On ne sait pas combien le salaud en a mis dedans. Mon Dieu, si tu n'avais pas trouvé les seringues… !

– Qu'est-ce qui se passe ? Jacques Viole était de retour, la salle se vidait, le calme revenait. Qu'est-ce qu'ils ont, tous les trois ?

– Ce sont les seuls à être malades ? demanda Christophe.

– Oui, on dirait. Ils ont arrêté Claude ! Pourquoi ? Qu'est-ce qui se passe ?

Christophe expliqua brièvement ce qu'il soupçonnait, et Jacques Viole retomba sur un siège libre, atterré. Autour d'eux le silence régnait, les élus se regardaient, totalement sous le choc. On entendit avec soulagement les sirènes qui annonçaient l'arrivée des ambulances.

— Du bon travail, David, dit le Lieutenant Rousset.

— Ce qui m'a étonné sur le coup, c'est que vous ne m'avez posé aucune question. « On arrive », et c'est tout.

— Non, en fait une des fibres trouvées dans la cabine téléphonique était du type utilisé dans la fabrication des pulls portés par les sapeurs pompiers. Cela semblait un peu anachronique aux yeux de Lecaulmes qu'un pompier utilise une cabine téléphonique, eux qui sont équipés de bipeurs et tout ça. Or, non seulement Balme était un pompier, mais il était aussi un élu. Il devenait le suspect numéro un, mais sans preuve, on ne pouvait rien faire. Alors on n'a pas attendu lorsque tu as appelé. D'ailleurs tu as réagi rapidement en ce qui concerne l'ordinateur — même si on pourrait te reprocher d'avoir porté atteinte à la vie privée de Balme en consultant le contenu.

— Mais vous l'auriez fait de toute façon, en tant que gendarme.

— Dans le cadre d'une enquête, oui, nous aurions perquisitionné. Ç'aurait été légal. Mais bon, passons. De toute façon, maintenant on fait dans les règles.

— Donc, c'était lui, tout le temps ? demanda Pauline, du sofa où elle récupérait confortablement. Il a tout avoué ?

— Eh oui. Le coup de téléphone à Vidal. Il savait qu'il irait chercher le dossier puisqu'il en avait choisi un que le maire ne connaissait pas très bien. Ensuite, une rencontre « fortuite » en ville au moment où le maire sort de la mairie. Il l'invite à boire, mais pas dans un bar, non, comme ça, sur un banc à contempler le ciel.

— Et il avait mis du produit dedans, dit David.

— Oui. En ouvrant les bouteilles. Le mélange GBL et alcool n'est pas très heureux, et Vidal était rapidement inconscient. Ce qui a permis à Balme de conduire la voiture jusque sur la rampe du lavage auto, installer Vidal derrière le volant et de mettre la machine en route. On connaît le reste. Ni vu ni connu.

Le temps qu'on fasse une autopsie, il ne restait plus rien de la substance dans le sang. Ensuite, pour Desmadjian, facile de bricoler la voiture. Balme s'y connaissait.

– Ah, oui, dit David. Stéphanie avait dit qu'il entretenait la leur et qu'elle avait confiance qu'il lui en trouve une bonne.

– Donc, sachant que Desmadjian allait à une réception où il allait certainement boire, le tour est joué.

– Sauf que, là il mettait en danger d'autres vies, dit Christophe.

– Et il ne pouvait pas être sûr que l'accident serait fatal, tout de même, dit David.

– Oui, il n'en était pas à son premier essai avec lui.

– Quoi ?

– Vous vous souvenez de ce qui est arrivé lors du Forum des associations ? La chute du matériel des pompiers sur la tente ?

Les Weetsen le regardèrent ébahis.

– Donc il aurait essayé jusqu'à ce qu'il réussisse, dit Christophe dégoûté.

– C'est ce qu'il a fait pour Albanel. Il a commencé par trafiquer l'apéritif au 11 novembre puis le repas des aînés.

Christophe et Pauline retinrent leur respiration.

Notre gastro ! pensa Pauline jetant un regard effrayé vers son fils.

C'est vrai qu'Albanel a dû rentrer à la maison, se souvint Christophe.

– Et puis, vous connaissez le reste avec Albanel, poursuivit Rousset. Et c'est là où il a fait sa petite erreur. C'est vrai que la marque qu'il a prise est la plus utilisée, justement à cause de la souplesse du piston, mais Albanel en prenait une autre parce qu'il n'aimait pas cette souplesse.

– Si Marthe n'avait pas tenu à nous montrer tout ça parce que dans sa douleur elle avait besoin de parler, elle n'aurait rien vu, dit Christophe. Et on n'aurait jamais rien soupçonné.

– Et vous savez pourquoi il a fait tout ça ? demanda David.

– Oui. En fait, il n'agissait pas seul. Vous vous souvenez de l'appel téléphonique qu'il a reçu au conseil ?

– Oui, dit Christophe, ce n'était pas le premier appel de la soirée, d'ailleurs.

– Lecaulmes a eu la présence d'esprit de repérer le numéro et d'écouter quelques mots du correspondant avant que celui-ci se rende compte qu'il se passait quelque chose et raccroche. Il a été arrêté lui aussi. Il s'agit de Raymond Brisoux.

– Mais c'est le nouveau propriétaire du terrain au-dessus de Chassagnes, dit Pauline.

– Celui qui veut faire un parc d'activités ? demanda Christophe.

– C'est ça, répondit Rousset. Il s'avère qu'ils montaient cette affaire à deux, mais en tant qu'élu, Balme a tu sa participation. Il pensait sincèrement qu'il n'y aurait pas de problème pour les autorisations, surtout s'il devenait maire lui-même, ce qu'il pensait arriverait après les élections. Il était en bonne position, paraît-il.

– Oui, c'est exact. Après tout, il était tête de liste.

– Mais il a échoué. Alors lorsqu'ils se sont trouvés bloqués par Vidal, ils sont passés à la vitesse supérieure. Il fallait que Balme devienne maire. Et pour devenir maire, il fallait éliminer Vidal. Seulement, on ne l'a pas élu, donc il a dû recommencer. Lors de la dernière séance il était aux abois parce que du côté de Brisoux ça commençait à chauffer, il devenait menaçant et Balme risquait de perdre gros. Mais le vote n'allait toujours pas en sa faveur.

– Purée, je me rappelle qu'il est allé chercher les bouteilles après le vote, dit Christophe.

– Et il les aurait trafiquées à ce moment-là après le vote ? demanda Pauline, atterrée.

– Absolument. Rousset hocha la tête. Toujours avec le GBL, d'ailleurs, et vous auriez réagi différemment à la substance selon la quantité d'eau que vous auriez bue.

– Mais … c'est tout bonnement affreux ! Pauline éclata en sanglots. Tous ces gens ! Rien que pour une question de terrain !

– Plutôt d'argent, ajouta Christophe, prenant Pauline dans ses bras.

– Tout ça pour ça !

Elle pleura pendant un long moment.

– Qu'est-ce que vous allez faire maintenant, au conseil ? demanda David lorsqu'elle s'apaisa finalement.

– Mon Dieu …

Il y eut un petit silence.

– Reste-t-il quelqu'un qui voudrait être maire des Vans maintenant ? dit David avec une grimace.

Catalogue éditeur-libraire Printemps 2009

Vous avez aimé ce livre, nous vous proposons plus de 220 titres !

(Éditions) LA BOUQUINERIE
Centre Hugo. 8, rue Ampère.
26 000 Valence

(À côté de la gare, rue Pasteur. Fnac)

Tél : 04.75.44.67.20. Fax : 04.75.44.50.31.

Internet : www.labouquinerie.com

Ouvert du mardi au vendredi de 15 h à 19 h et sur rendez-vous.

NOUVEAUTÉS 2009

Charrié. Pierre. **Dictionnaire méridional de la vie traditionnelle.** *Ethnologie, outillages, techniques, coutumes, usages domestiques, juridiques, sociaux, religieux, économiques, historiques, géographiques...*Mots recueillis sur l'ensemble des pays méridionaux. 352 pages. 29 €

Fourey. **Petites histoires de fantômes & autres créatures de la Drôme et de l'Ardèche.** *Chasseurs de la nuit, ogres, diables, sorcières, fantômes, spectres, revenants, vampires, croquemitaines, poltergeists, lavandières de la nuit, Carmantrant, offices des morts, la Trêve, Samain, Banshee, phénomènes étranges, personnages macabres & sanguinaires...*190 pages. Dessins. 15 €

Raymand Pascal. **Meurtre à Annonay.** 192 pages. 13 €
Gabriel Jan. **Meurtres à Valence.** 192pp. 12,50 €
Vaschalde. **L'Ardèche à la Convention nationale.** 350pp. 35 €

Chazalmartin. **C'était hier dans nos montagnes en Ardèche.** 128pp. 13 €
Le parpaillot gourmand. 128pp. *Recettes d'Ardèche.* 13 €
Mazon. **Laurac et Montréal.** 160p. 25 €
Cheynel. **L'Ardèche des chasseurs d'images.** 130p. 13 €
Vaschalde Henri. **Les Troubadours du Vivarais, du Gévaudan et du Dauphiné.** *Dessins.* 230p. 28 €

Almanach Ardèche & Drôme 2009. 192p. 4,95 €
Gabriel Jan. **Meurtre à Jaujac.** 256p. 13 €
Philippe Granchamp. **Meurtre à Ruoms.** 192 p. 12,50 €
Henri Amblard. **Claude-Pierre Dedelay d'Agier.** Un personnage d'exception. Romans-Bourg-de-Péage. 430pp. 35 €
Bertrand Le Tourneau. **Les temples sacrés de Pierre taillée. Le monde perdu des Celtes en Drôme-Ardèche et Haute-Loire.** 240pp. 19 €
Chareton. **La Réforme et les guerres civiles en Vivarais** particulièrement dans la région de Privas (Valentinois) (1544-1632). 450 pages. 35 €
Duc Jean. **Récits vécus dans le monde des cavernes.** Ardèche, Drôme & ailleurs. Mes trous de mémoire. 192 p. Photos. 15 €
Benoît-d'Entrevaux. **Les châteaux du Vivarais.** *Retirage 2007.* 350p. *Blasons. Complément de l'Armorial du Vivarais.* 85 €
Saint-Alban. **Recettes traditionnelles de l'Ardèche & de la Drôme.** Cuisine de terroir. « Les grands classiques de la cuisine dromardéchoise ». 128p. 13 €
Jean Ribon. **Reflets de l'Ardèche. Pages d'histoire civile et religieuse.** 384pp. Gravures, photos. 19 €
Vincent Andéol. **Histoire des guerres du Vivarais** et autres contrées voisines en faveur de la cause royale depuis le camp de Jalès 1790 jusqu'en 1816 par l'un des principaux chefs de l'insurrection… 200pp. Retirage. 28 €

Dernières parutions

Albigny. D'. **L'Auberge rouge. Le coupe gorge de Peyrebeille.** 256pp. 15 e
Bouchet. **L'école dans la Drôme.** 256pp. 19 e
Brémond. **Au confluent de deux vies.** Le ministère pastoral commun d'un couple interconfessionnel. 224 pages. 19e
Bury. **Histoire de la pêche en Ardèche.** 250p. 15e
Cheynel. **Ardèche, ma conteuse.** 128 p. 8,5 e
Fréchet. **Dictionnaire du parler de l'Ardèche.** 306p. 19 e
Fréchet. **Dictionnaire du parler de la Drôme.** 192p. 15 e
Fourey. **Personnages merveilleux en Drôme-Ardèche.** 160pp. 15e
Francus. **Voyage Pays des Boutières (Vernoux).** 320p. 25 e
Gardès. **Le secret de la légende des cloches aux pièces d'or de l'abbaye de Mazan en Ardèche.** 180p. 14 e
Gardès. **Sur l'antiquité du Plateau ardéchois.** 150pp. 15e
Gigord. **La noblesse de la Sénéchaussée de Villeneuve-de-Berg.** 2 vols. 900p. 100 e
Guiguet-Doron. **Il était une fois… Tournon.** 160 p. 15e
Mathevet. **L'aviation en D-A.** 220pp. 15 e
Mazon. **Le Cheylard.** 220pp. 220pp. 28^e
Pflieger. **La raviole, de la légende à l'assiette. Histoire et recettes.** 128pp. 13e
Porcer. **Monseigneur Bonnet évêque de Viviers.** 200pp. 18 e
Ribon. Pierre. **Guérisseurs et remèdes populaires.** 180p. 18e
Vaschalde. **Le Vivarais aux Etats généraux de 1789.** 300 p. 38 e
Vaschalde. **Mes notes sur le Vivarais.** 250pp. 28 e
Villain. **Dictionnaire généalogique, historique et biographique (Drôme & Ardèche).** 960p. 2 vols. Blasons. 100 e.
Vogüé. **Une famille Vivaroise.** 3 volumes. 860 pages. 100 e

Ardèche

Almanach Ardèche & Drôme. 1995 à 2009. *192p. Véritable encyclopédie des deux départements. L'année.* 4,95 e
Antressangle. **La mémoire de l'Ardèche** : langue, enseignement, santé, conscription, religion, élection. 64p. Cartes postales anciennes. 7,47 e
Arnaud. **Les protestants du Vivarais.** 3 vol. 1200 pages. 150e
Bénévise Jacques. **Ardèche du nord.** 48p. 9,91e
Bénévise Jacques. **Ardèche du sud.** 48p. 9,91e

Benoît-d'Entrevaux. **L'armorial du Vivarais.** Retirage. Dessins des blasons par Jourda de Vaux. *L'indispensable complément aux Châteaux du Vivarais.* 650p. 95 e

Benoît-d'Entrevaux. **Les châteaux du Vivarais.** *Retirage.* 350p. *Blasons. Complément de l'Armorial du Vivarais.* 85e

Besson-Michaux. **Documents du Vivarais.** Actes notariés des XVe et XVIe siècle. Possessions de l'abbaye d'Aiguebelle en Ardèche. 128p. *Textes en latin avec résumé.* 100 e

Bury. **La Poste du rail en Ardèche.** 96p. Photos. 14 e

Carlat. **L'Ardèche des 4 saisons.** 128p. *Almanach.* 9,15 e

Charrié. **Folklore de l'Ardèche.** 400p. 30e

Charrié-Sterkeman. **Hélène Champanhet. Journal d'une dame du Vivarais.** 100p. 15 e

Cheynel. **Ardèche autrefois.** Roman. 160p. 13 e

Chièze (Jean) **Cartes de vœux** de. 92 pages. Gravures. 20 e

Crussol, Saint-Péray et les environs... 228p. *Trois livres regroupés dans ce volume dont le mandement de Crussol.* 19 e

D'Albigny. **Descente de la vallée de l'Ardèche.** 32p. 4,57e

D'Indy. **Les chansons du Vivarais** (Op. 101). 128p. 9,91 e

Dalmas. **Les sorcières du Vivarais.** 254p. 22 e

Daubeton. **La vie de Saint François Régis.** 350pp. Gravures. 22 e

De Gigord. **Le mandement de Joanas** et ses seigneurs. Notice sur le mandement de Prunet. 360p. Nombreux blasons. 68 e

Desplat-Duc. **L'aventure obligatoire. Le STO** en Ardèche.128p. 13 e

Ex-libris de Jean Chièze, graveur ardéchois. 64pp. (épuisé)

Faujas de Saint-Fond. **Volcans éteints du Vivarais** *(Retirage à 94 exemplaires de l'édition de 1778).* Cartonné. Toilé. 190e

Fromentoux. **Le Pigeonnier.** 320pp. *St-Félicien et Charles Forot.* 30 e

Gardès. **Un lac majeur, Issarlès.** 7,62 e

Girard. **Autrefois, les Barjac de Rochegude.** 340p. 25e.

Hély. **Souvenirs & légendes de l'Ardèche ancienne.** 176p. 15e

Helmling. **Salavas.** 200p. Photos. 20e

Jolivet. **Chouans du Vivarais.** 112p. *La contre-Révolution.* 20 e

Jolivet. **La Révolution en Ardèche.** 596p. 50 e

Laffont. **Atlas des châteaux de l'Ardèche.** (diffusion) 30e

Larriaga Marielle. **Ardéchois, entends-tu ? La Résistance et la libération de l'Ardèche** (1940-1944). Retirage en préparation.

Larriaga Marielle. **Ardéchois, entends-tu ?** Le film VHS. *38 mn.*25 e

Lattier. **Le voyage en peinture.**180 œuvres du peintre. 58 e

Le dossier Peyrebeille. Et si les aubergistes étaient innocents ? 320p. *Coupables ? innocent ?* 20 e

Les commentaires du soldat du Vivarais. 318p. Retirage édition 1911. *Les guerres civiles en Ardèche.* 26,68 e

Le Sourd. **Les États deVivarais.** 2 vol. environ 730p. Carte en couleur. Important index avec des centaines de noms. *Ouvrage fondamental.* 180 e

Lhermite. **Descente d'Ardèche en bateau. Vallon-Saint-Martin.** 64p. Photos anciennes. 9,15 e

Lioré. **Pont d'Aubenas. Ma petite Arménie.** 120p. 24e

Marichard. **Dolmens de l'Ardèche.** 32p. 5,34 e

Marichard. **Les premiers hommes en Ardèche.** 96p. 15 e

Mollier. **Les Saints de l'Ardèche.** 2 volumes. 800 p. 50 e

Naud, Carlat, Gagnage, Brechon, Boulle. **Pays Villeneuve-de-Berg.** 5e

Nito. **Chroniques helviennes.** *Saga en ardèche sur 2000 ans.* 608p. 25 e

Pastor Jean-Marc. **Les pierres à venin en Ardèche.** Dessins, gravures. 128p. (épuisé)

Paysan. **Les Camisards du Vivarais.** Réédition. 250p. 20 e

Paysan. **Journal de Jacques de Beauvoir de Roure.** La vie d'un gentilhomme de l'Uzège et les événements en Vivarais au cours du XVIIIe siècle. 128p. 14,48 e

Paysan. **Maladies, médecine et pharmacopée populaire d'hier en Uzège et Vivarais.** 210p. *Soins dans la tradition ancienne.* 19e

Pellet. **Dernière charbonnière d'Ardèche.** 32p. 4,57 e

Peschier. **Eaux vives d'Ardèche.** 206p. 15 e

Peschier Pierre. **La grotte pour 25 centimes : l'affaire de la grotte Chauvet.** La saga politico judiciaire. *La lutte d'un Ardéchois contre l'expropriation de l'État.* 156p. 14,48 e

Picodon, un fromage dans les étoiles. 38 e

Picodon. *Le fromage ardéchois et drômois.* 112p. 8e

Poret Jean-Pierre. **La franc-maçonnerie en Drôme-Ardèche.** Histoire inédite des loges et des personnes qui ont développé ou combattu la franc-maçonnerie dans notre région. 160p. Gravures. *Ouvrage de référence.* 14,94 e

Ratz. **Découverte géologique en Drôme-Ardèche.** 64p. Photos. Planches en couleurs. *Une étude très documentée.* 13 e

Reboul Annet. **Les mœurs de l'Ardèche.**(retirage) 350p. 50e

Reynier. **St-Sauveur-de-Montagut.** 176p. *Cartes postales.* 19 e

Ribon. **D'Artagnan en Ardèche. Une affaire d'état. La révolte de Roure en 1670.** D'après les Archives Authentiques et Inédites du Roi Louis XIV. 350p. Photos. *Un livre événement sur un sujet jamais évoqué par les historiens, une épopée historique qui nous fait revivre les grandes heures de l'Ardèche.* 19,51 e

Ribon. **Voyage en Basse Ardèche.** Pays de Berg, vallée de l'Ibie, Coiron. Berg. Mazan, Cîteaux : 800 ans d'histoire. 256pp. Dessins. *En annexe : nom de 700 Ardéchois dans les armées au XVIIIe siècle.* 20 e

Ribon. **Pierres qui guérissent.** 180p. 20 e

Roche. **Armorial des évêques de Viviers.** 2 vol. Blasons. 840p. 100 e

Rostaing. **Loges maçonniques. d'Annonay.** 388p. *Un document passionnant.* 38 e

Saint-Alban. **L'Ardèche, recettes traditionnelles.** Nombreux dessins. *Le livre de référence de la cuisine ardéchoise.* 13 e

Serres (Olivier de). **Le théâtre d'Agriculture et mesnage des champs.** 250p. Gravures. *Pages choisies en commémoration du 400e anniversaire de la première édition.* 19,06 e

Sentis. **Légende dorée du Vivarais.** 112p. 13e

Valladier-Chante. **Vallon-Pont-d'Arc au Moyen-Âge.** 240p. *Les estimes de l'Ardèche. L'auteur nous restitue dans les moindres détails la vie en 1464. L'enquête fiscale réalisé en Vivarais a été unique en France.* 22,87 e

Valladier-Chante. **Le Haut-Vivarais et les Boutières au 15e siècle.** 4000 patronymes de 1464 (les « estimes » de l'Ardèche). 580p. *2 volumes avec plus de 5200 patronymes.* 46e

Veyrenc. **Le Diable Rouge. Émile Bourgès.** *L'extraordinaire histoire du célèbre fildefériste.* 128p. 12,96 e

Vogüé. **Notes sur le bas-Vivarais.** Couverture cartonnée. 128p. 15e

Volane. **En Vivarais - Ardèche.** 192p. 14,48 e

Volane. **Histoire de l'Ardèche & du Vivarais.** 192p. Gravures. *Une histoire de l'Ardèche qui se lit comme un roman.* 14,48 e

Fonds ALBIN MAZON (Dr FRANCUS)

Chronique religieuse vieil Aubenas. 180p. 20 e
L'ancienne paroisse de Jaujac. 350p. 35 e
La commanderie des Antonins à Aubenas. 100p. 18 e
La franc-maçonnerie en Ardèche. 288pp. *Retirage d'un livre introuvable par l'historien de l'Ardèche.* 50 e
La guerre de 100 ans en Vivarais. 338p. 27,44^e
Laurac et Montréal. 160p. 25 €
Le préhistorique dans l'Ardèche. 20 e
Les églises du Vivarais. 2 vol (650p). *Tous les textes fondateurs de l'histoire de l'Ardèche dont la « Charta Vetus ».* 114e
Les muletiers du Vivarais. 128p. 19 e
Les huguenots du Vivarais. 4 volumes. 1 628pp. *La somme sur le protestantisme ardéchois. Fac-similé exceptionnel en tirage limité. L'index des nom de lieux et de personnes comporte plus de 300 pages dans le 4e volume.* 200 e

Notice sur Baronnie de La Voulte. 398p. 25 e
Notes historiques sur Saint-Agrève. 196p. 15 e
Notice sur Uzer. 94p. 8,38e
Notice sur Vinezac. 196p. 8,38^e
Privas. 120 p. 15 e
Vivarais & Velay. Deux livres de notes journalières au XVIIe siècle (Le Chambon & Annonay). 128p. 20 e
Un roman à Vals. 226p 20 e
Voyage autour d'Annonay. 332p. 38 e
Voyage au Bourg-Saint-Andéol. 440p. 20 e
Voyage au Pays des Boutières (Région de Vernoux). 320p. 25 e
Voyage autour de Crussol. 280p. 23e
Voyage dans le midi de l'Ardèche. *2 vol.* Environ 500p. 45,73 e
Voyage le long de la rivière d'Ardèche. *2 vol.* 500p. 45,73e
Voyage autour de Valgorge. *2 volumes.* Environ 500p. 45,73 e
Voyage aux pays volcaniques du Vivarais. *2 vol.* 500p. 45,73 e

Fonds Drômois

Abert Éloi. **La Chanson du paysan.** Dessins. 288p. *Le parler régional avec 3 graphies (phonétique, graphie classique occitane, française).* 29e
Gélibert. **Il était une fois... Bourg-de-Péage.** 48 pages. Cartes postales. 9,5 e
Garcin. **Patrie en danger.** *Bataillons révolutionnaires.* 352p. 14 e
Hinnenberger. **Guide des oiseaux Drôme-Ardèche.** 176p. 15e
Hinnenberger. **Histoires singulières Drôme des collines.** 128p. 12 e
Herg. **Le bal des escargots ou histoire singulière au palais du facteur Cheval.** Pièce de théâtre. 128p. 12e
Ginet J-P. **Contes et légendes de la Drôme.** 128p. Dessins. 9,50 e
Ginet. **Fariboles et histoires cocaces de la Drôme.** 160p. 15e
Ginet. **Histoires grivoises & paysannes de la Drôme.** 130p. 12e
Garcin. **Mathieu Bouvier. Un Drômois et Napoléon.** 560p. *L'histoire d'un grenadier de la Garde.* 25 e
Lacroix. **Romans et le Bourg-de-Péage.** 440p. *photos.* 29 e
Lafond. **Dis mamie raconte.** (Diois). 160p. 14,94 e
Lafond. **Transhumance & autres récits de chez nous.** 220p. 15e
Nadal. **Saints et bienheureux de la Drôme.** 250p. 20 e
Palengat P. **La Drôme insolite.** Dictionnaire historique... Les 372 communes drômoises. 650p. 30e
Palengat-Walch. **Carnet de Voyage dans la Drôme.** 96p d'aquarelles reproduites en NB et en couleurs avec un texte manuscrit. 14,48^e
Ponce. **Histoire pour les enfants de la Drôme...** 128p. 13e

Pouzin. **Il était une fois… Génissieux.** Photos. 170pp. 20 e
Pouzin. **Une famille, un village… Saint-Paul-lès-Romans.** 240p. 20e
Rambaud-Bénévise. **Bourg-lès-Valence.** 48p. 9,91 e

Vie Pratique-Cuisine

La Vallée du Rhône gourmande. Photos couleurs. Cartonné. Grand format.
La cuisine par les grands chefs drômois. 28,97 e
(Le)Picodon, un fromage dans les étoiles. 38e
Reyne. **Marrons et châtaignes d'Ardèche.** 208p. 18,29 e
Rouchier Lucette. **Saveurs d'Ardèche.** Retirage du livre de cuisine bilingue (occitan-français). *Photos en couleurs.* 220p. 15 e
Michèle Saint-Alban. **L'Ardèche, recettes traditionnelles.** Nombreux dessins. *Le livre de référence. Recettes traditionnelles simples.* 250p. 13e
Michèle Saint-Alban. **La cuisine du Vivarais.** 32p. 4,57 e
Myrtilles d'Ardèche, recettes & gourmandise. 56p. 7,62 e
Sites & Vins des Côtes du Rhône. *Tous les vins régionaux.* 9,5 e

Guides

Bernard. **Circuits VTT en Ardèche.** Cartes. 128p. 9,91 e
Daniel Ratz. **Découverte géologique en Drôme-Ardèche.** 64p. Photos. Planches en couleurs. *Une étude très documentée.* 12 e
Ratz. **Tremblement de terre en Drôme-Ardèche.** 96p. Photos. 13 e
Dictionnaire d'Amboise. Dauphiné et Ardèche. 4 000 définitions, 600 photos couleurs. 432p. Cartonné. Étui en couleurs. 25 e
Dupont. **Guide du Vercors.** 312p. Photos couleurs. 25 e
Jean Duc. **Des rivières sous le Coiron.** Exploration spéléologique en Ardèche. 128p. 19e
Joanne. **Département de la Drôme.** 7,55 e
Landrin. **Balades en Ardèche.** 144p. 300 photos. 22,11e
Le guide Ardèche : guide des sorties, balades. 192p. 6,86 e
Les plus belles balades autour de Valence. 144pp. 22,11e
Palengat P. **La Drôme insolite.** Dictionnaire historique… Les 372 communes drômoises. 650p. *Somme sur le département.* 30 e
Palengat. **Petite Drôme insolite.** 32p. Gravures. 4,57 e
Palengat-Walch. **Carnet de Voyage dans la Drôme.** 96p d'aquarelles reproduites en NB et en couleurs. 7,50 e
Randonnées Drôme : Vercors sud. 198p. Photos. 9,45 e
Randonnées en Ardèche. 180p. Photos, plans. 9,45 e
René Saint-Alban. **Guide de l'Ardèche insolite.** 224p. 12 e

René St-Alban. **Trésors d'Ardèche, la Grotte Chauvet.** 3e
Riou. **Le guide de l'Ardèche.** 470p. Couverture cartonnée. 20 e
St-Alban-Pisano. **Chasse aux trésors en Ardèche.** 32 p. 4,57e
St-Alban. **Fées et lutins et personnages en Ardèche.** 32p. 4,42 e
VTT. Ardèche méridionale. Aubenas et sa région. 128p. 3e
VTT. Ardèche méridionale. Des Vans à Vallon. 148p. 3 e
VTT. Cévennes (Navacelles, Mt-Aigoual, GorgesTarn...). 96p. 3 e

Contes

Buisson. **Contes de la Galaure.** Photos. 13 e
Cheynel (Hélène). **L'Ardèche aux yeux profonds.** 152p. 13 e
Cheynel.**Ardèche de l'Étoile et du Mage.** 13 e
Cheynel. **Ardèche en escapade.** 160p. 13e
Cheynel. **Ardèche des sapins blancs.** 150p. 13^e
Cheynel. **Contes et légendes de l'Ardèche.** 192p. 15e
Garcin. **Le cœur d'Émeraude.** Roman drômois. 256p. 9 e
Ginet J-P. **Contes et légendes de la Drôme.** 128p. 9,50 e
Ginet. **Fariboles et histoires cocaces de la Drôme.** 160p. 15e
Kœchlin. **Passez devant, docteur.** 160p. 11,43e
Lévesque-Géry. **Ferdinand et les loups.** Roman. 11,43 e
Monroi. **Les Gens de Saint-Julien.** 3 tomes. Romans. *Une saga drômoise. La vie d'une famille.* 672p. Les 3 vols : 38,87e
Sentis. **La légende dorée du Vivarais.** Photos couleurs. 13 e
Vasthye. **La licorne du Coiron.** *Contes.* 192p. 13 e

Autres champs – Varia

Nouis-Leenhardt. **Vivre et survivre en milieu hostile.** 128p. 9,95 e
Vinson. **Les Arméniens dans les récits des voyageurs français du XIXe siècle.** 390p. 50 e

Nos livres sont disponibles dans toutes les bonnes librairies.
Si vous ne pouvez pas les obtenir, nous pouvons vous les expédier.
(Ajouter forfaitairement 5 euros de port pour la France).

De larges extraits de nos livres sont sur notre site internet :

www.labouquinerie.com
depuis plus de 32 ans à Valence !

Achetons au comptant livres anciens, revues, cartes postales, archives, manuscrits, documents, photos, revues... Bibliothèques complètes...

Expert agréé pour estimations, partages, successions, sinistres…

Expert de salle des ventes.

Nos éditions recherchent en permanence des manuscrits à éditer.

20 000 livres anciens de 1500 à nos jours
sur notre site internet, classés par rubriques
dont plus de 2000 livres anciens
sur la Drôme et l'Ardèche !

C'est notre magasin qui a vendu le premier livre imprimé à Valence (et donc en Drôme-Ardèche) datant de 1496 ! (Incunable expertisé par notre spécialiste depuis 32 ans : René Adjémian).

Armoriaux et ouvrages généalogiques chez le même éditeur :

Arnaud (Pasteur). **Les Protestant du Vivarais.** 3 volumes. 1300 p.

Benoît-d'Entrevaux. **L'armorial du Vivarais.** Dessins des blasons par Jourda de Vaux. 650 pages.

Benoît-d'Entrevaux. **Les châteaux du Vivarais.** Blasons par Jourda de Vaux. 350 p.

Besson-Michaux. **Documents du Vivarais.** Actes notariés des XVe et XVIe siècle. Les possessions de l'abbaye d'Aiguebelle en Ardèche. Retranscription des textes en latin avec résumé. Index de noms. 128 p.

Gigord (de). **Le mandement de Joanas** et ses seigneurs suivi d'une notice sur le mandement contigu de Prunet. (1891). Blasons. 360 p.

Gigord (de). **La Noblesse de la Sénéchaussée de Villeneuve-de-Berg.** Blasons 2 volumes. 780p.

Girard Claude-Jean. **Autrefois, les Barjac de Rochegude.** 340 p.

Le Sourd. **Les États deVivarais.** Carte en couleur. Important index avec des centaines de noms. 2 volumes. 730 p.

Mazon (Docteur Francus) **Les huguenots du Vivarais.** 4 volumes. 1 628 pages. La somme sur le protestantisme ardéchois. Livre primé en son temps par l'Académie française. Index de noms.

Ribon. **D'Artagnan en Ardèche. Une affaire d'état. La révolte de Roure en 1670.** D'après les Archives Authentiques et Inédites du Roi Louis XIV. Index de noms. 350 pages

Ribon. **Voyage en Basse Ardèche.** Pays de Berg, vallée de l'Ibie, Coiron. Berg. Mazan, Cîteaux. Nom de 700 Ardéchois dans les armées au XVIIIe siècle. 256 p.

Roche. **Armorial des évêques de Viviers.** 2 volumes. Blasons. 840 p.

Valladier-Chante. **Le bas-Vivarais au XVe.** Dessins. Les « estimes » de l'Ardèche sur 71 communes. Index de plus de 2 000 patronymes. 440 p.

Valladier-Chante. **Le Haut-Vivarais et les Boutières au 15e siècle.** Plus de 5000 patronymes de 1464 (les « estimes » de l'Ardèche). 2 volumes. 580 p.

Valladier-Chante. **Vallon-Pont-d'Arc au Moyen-Âge.** Les estimes de l'Ardèche (1464). Index de noms. 240 p

Villain. **Dictionnaire généalogique, historique et biographique de la Drôme et de l'Ardèche.** Photos, blasons. 2 volumes. 964 p.

Vogüé. **Une famille Vivaroise.** 3 volumes. 860 pages.

Nouvelle collection
Meurtres en Drôme-Ardèche :

Meurtre à Jaujac. Gabriel Jan

Meurtres à Ruoms. Philippe Granchamp

Meurtres à Valence. Gabriel Jan

Meurtre à Annonay. Raymond Pascal

Meurtres aux Vans. Frances Harper

À paraître en 2009 :

Meurtre à Aubenas. Gabriel Jan

Meurtre à Nyons. Gérard Bouchet

SUR INTERNET 24 H SUR 24

LA BOUQUINERIE

8 rue Ampère. 26 000 Valence. France
à côté de la gare (ville). Parking Balzac.
Fnac. Rue Pasteur
Magasin ouvert du mardi au vendredi de 15h à 19h
et sur rendez-vous. (Fermé en Juillet-Août)
Tél : **04.75.44.67.20.** Fax : 04.75.44.50.31.
www.labouquinerie.com
contact @labouquinerie.com

librairie ancienne, galerie
et éditions réunies sur Internet !

Depuis 32 ans le spécialiste du livre ancien et régional

*Consultez notre catalogue éditeur,
découvrez nos nouveautés (couverture, extraits...),
consultez, téléchargez nos catalogues
de livres anciens, commandes par courrier électronique...
Recherche de livres épuisées sur notre base de 450 000 livres.*

*Achetons au comptant livres anciens,
revues, cartes postales, archives, manuscrits, documents,
photos, revues... Bibliothèques complètes...*

*Expert agréé pour estimations, partages, successions, sinistres...
Expert de salle des ventes.*

Nos éditions recherchent en permanence des manuscrits à éditer.
Plus de 2 000 livres anciens sur la Drôme et l'Ardèche

www.labouquinerie.com

Ce livre est le 269 ^{ième} livre édité de nos éditions !
Isbn : 2-84794-087-1   EAN : 978284794084879

Achevé d'imprimer en France par Présence Graphique
2, rue de la Pinsonnière - 37260 Monts
N° d'imprimeur : 060932242

Dépôt légal : juin 2009